poesia pura

Binnie Kirshenbaum

poesia pura

Tradução de
LOURDES MENEGALE

EDITORA RECORD
RIO DE JANEIRO • SÃO PAULO
2002

CIP-Brasil. Catalogação-na-fonte
Sindicato Nacional dos Editores de Livros, RJ.

K65p Kirshenbaum, Binnie
   Poesia pura / Binnie Kirshenbaum; tradução de Lourdes
Menegale. – Rio de Janeiro: Record, 2002.
   240p.

   Tradução de: Pure poetry
   ISBN 85-01-05862-9

   1. Romance norte-americano. I. Menegale, Maria de Lourdes
Reis. II. Título.

02-0347
CDD – 813
CDU – 820(73)-3

Título original norte-americano
PURE POETRY

Copyright © 1996 by Roger Shattuck

Este é um trabalho de ficção. Nomes, personagens, locais e fatos são
produtos da imaginação da autora ou são apresentados de forma fictícia.
Qualquer semelhança com fatos, locais ou pessoas reais é mera coincidência.

Todos os direitos reservados. Proibida a reprodução,
no todo ou em parte, através de quaisquer meios.

Direitos exclusivos de publicação em língua portuguesa para o Brasil
adquiridos pela
DISTRIBUIDORA RECORD DE SERVIÇOS DE IMPRENSA S.A.
Rua Argentina 171 – Rio de Janeiro, RJ – 20921-380 – Tel.: 2585-2000
que se reserva a propriedade literária desta tradução

Impresso no Brasil

ISBN 85-01-05862-9

PEDIDOS PELO REEMBOLSO POSTAL
Caixa Postal 23.052
Rio de Janeiro, RJ – 20922-970

EDITORA AFILIADA

Agradecimentos

O título do romance e o de todos os capítulos foram selecionados da *Princeton Encyclopedia of Poetry and Poetics,* organizado por Alex Preminger, com quatro exceções. Os capítulos "Verso Livre", "Katauta" e "Cynghanedd Draws" foram selecionados no *The New Book of Forms,* de Lewis Turco, e a definição para "Pastoral" veio de "A Glossary of Literary Terms", revisto por M. H. Abrams.

    A autora agradece também a seus amigos queridos — Tony Gidari, Susan Montez, Maureen Howard, Laurie Stone, Nic e Connie Christopher, Ross Harrison, Thomas Thornton, Susan Wheeler, Lutz Wolff — pelos seus *insights* e inspirações, e muito obrigada a Roz Siegel.

Para Nicole Aragi

Poesia Pura é mais um termo prescritivo do que descritivo, ao se referir não ao texto de um verso mas a um ideal teórico ao qual a poesia deve aspirar.

1

escansão: Sistema de representação dos ritmos poéticos convencionais por símbolos visuais e estudo da métrica. As sílabas acentuadas ou não acentuadas são marcadas de acordo com a ênfase que se quer dar. Não diz respeito a ritmo; revela-se pela transferência da dimensão temporal para a espacial.

COM O ESPLENDOR DERIVADO DE DEtalhes pontilhistas, estou tendo uma imagem da ex-mulher de Henry. Nosso primeiro encontro, e já sou informada das particularidades da sujeira matrimonial. Será isso uma ameaça para mim, ou o quê? Ah, aqueles pedacinhos insignificantes de deleite. Minúcias como beijinhos-doces. Henry me diz como Dawn deixa, facilmente, as crianças ficarem sem banho durante dias. Com que graça, e com um blablablá de *oh-não-foi-nada,* ela aceita os elogios pelos jantares que não prepara, mas, ao contrário, compra no restaurante Dean & Deluca. Como seus mamilos têm a forma cilíndrica e longa como o nariz de Olive Oyl e como seus pêlos púbicos crescem e atingem comprimentos extraordinários.

— Juro — diz Henry —, crescem tanto que é difícil de acreditar. Honestamente, é como o cabelo de sua cabeça, só que ásperos. Você tem cabelos muito bonitos. Como se fossem luminosos.

— Henry toma um gole da sua bebida, gim-tônica, e pergunta: — Qual a cor exata do seu cabelo? No seu passaporte, o que está escrito sobre a cor do cabelo?

— Cereja preta. — Digo a ele que a cor do meu cabelo é cereja preta. É o que está escrito no vidro, mas não conto essa parte. Que é cereja preta da L'Oréal. Em vez disso, volto a conversa para onde estava antes de ele divagar. A cor do meu cabelo não é o que mais me interessa no momento. Prefiro o prato da sua ex-mulher. — Então, como é Dawn? — perguntei. — É muito bonita? À parte o item mamilos, quero dizer.

Henry move-se para a frente, na cadeira, para pegar a carteira. Nossa mesa está ao lado da janela e meu reflexo me olha de volta, avaliando-me. Assustada, afasto-me da janela, como se pudesse virar as costas para a minha sombra. Henry me entrega uma foto de sua ex-mulher. Ela está toda produzida.

— Para um casamento — replica ele. — Na maioria das vezes, veste-se relaxadamente. Calças esportivas e camisetas. E ela também não troca a roupa de baixo todos os dias. Para dizer a verdade — Henry baixou a voz como se estivesse confessando um crime —, sua higiene pessoal não é das melhores. Aposto como você é limpa — diz ele. — Você parece ser muito limpa.

Chego a foto para perto do nariz. Sou míope como ninguém, uma deficiência que também pode ser traduzida como falta de discernimento. A vaidade me proíbe de usar óculos, a não ser quando a necessidade de ver claramente é crucial. Vinte por cento de visão não é motivo suficiente para ocultar meus olhos, que são do tamanho de nozes e da cor de avelã. Sem contar que fui abençoada com cílios como os da Liza Minnelli, só que os meus são verdadeiros, e nem me fale de lentes de contato, porque o olho não é um orifício.

Focalizo o tema da fotografia. Sentada numa espreguiçadeira, as pernas cruzadas, ela está usando uma túnica amarela e um chapéu de palha com aba larga. Tem o sorriso aberto e, se eu apertar os olhos, posso imaginar que seus dentes são tortos. É uma mulher magra e não tem muito para se ver. Embora pudesse ser bastante bonita, se não fosse a falta de queixo, que é a falha mais séria nas feições.

Não nos encontramos dessa maneira, mas Henry é o tipo de homem que eu poderia ter encontrado através de um anúncio pessoal na revista *Nova York*. *Homem branco divorciado, quarenta anos, pai de duas crianças, mais um gato, hamster e peixe dourado. Solvente, bondoso, bonito e divertido, mas sem medo de chorar. Gosta de música, cinema, longas caminhadas na praia, e você?*

Devolvo a foto a Henry e pergunto:

— Você ainda a ama?

Um lampejo de dúvida brilha em seu rosto e eu percebo.

— Claro que não. De forma alguma. — Olhando mais uma vez para a foto da ex-mulher, Henry lembra-se de que, a não ser durante os meses de verão, ela não raspava as pernas nem as axilas, onde os pêlos cresciam como moitas de capim. Depois ele me conta como, em lugar de chupar, ela concordara apenas com algo parecido a tocar gaita, deslizando os lábios pelo seu pau. Nem uma vez, nos doze anos em que estiveram casados, ela colocou a vara de Henry dentro da boca.

— E veja isto — diz Henry. — Todos os anos, no meu aniversário, ela me dava uma camisa de camurça encomendada pelo correio, na L.L. Bean. A não ser um ano, em que eu ganhei um livro sobre golfinhos. Os golfinhos são divertidos — diz Henry —, mas eu não estava interessado neles. — Depois ele pergunta:

— E você?

— Eu? — respondo. — Eu ponho na boca.
Henry ri, mas também fica corado como uma rosa.
— Não. Estou perguntando se você já foi casada?
Concordo e digo:
— Sim. Uma vez. Por pouco tempo.
— Então você também é divorciada.
Henry acha que temos isso em comum, mas eu digo:
— Não, sou viúva.
— Oh, me desculpe. — Henry fica sem graça. Como se tivesse cometido uma gafe social, confunde-se com as palavras e os gestos. Como um par de trutas fora d'água, suas mãos gesticulam no ar, batem no rosto e no tampo da mesa. — Oh, desculpe. Não devia ter dito nada. Gostaria de mais vinho? Vou pedir mais um copo de vinho.

Nós, Henry e eu, não nos encontramos através de um anúncio particular — se isso vale alguma coisa — porque, quando se trata de homens, nunca experimentei privação ou me contentei com as sobras. Pode ser porque tenho excesso de feromônios. Porque emito um irresistível mau cheiro. Ou, talvez, os homens gostem de mim porque gostam de uma dor de dente, porque, com toda a modéstia, nem sempre sou uma pessoa fácil de se levar. Seja o que for. Também, não tem importância que eu seja um pouco célebre, só um pouco, embora isto sirva como uma espécie de cachê.

Pretendendo pedir outro copo de vinho para mim, Henry levanta o braço e faz sinal para a garçonete. Pego a mão dele por cima da mesa:

— Henry — digo —, meu copo está cheio.

Não importa se sou ou não popular com os homens, nunca responderia a tal anúncio pessoal, porque, embora goste muito de gatos e música, não sou ligada em filmes. Ou a crianças, e poupe-me de longos passeios na praia. A praia é uma área de que realmente não gosto e homens que choram não são para mim. Não tenho o que é preciso para lidar com os emocionalmente debilitados. Tenho meus próprios problemas.

Inclinando-se para diminuir a distância entre nós, como se o fato de se intrometer nos meus problemas exigisse intimidade física, Henry pergunta como aconteceu:

— Como ele morreu? — A voz é rouca e vem do fundo da garganta. Não é necessário olhar ou tocar para saber que, enquanto falamos, a pica de Henry está ficando dura como no *rigor mortis*. O fato de eu ser uma viúva é que faz isso. Como se todas as mulheres jovens que ficam viúvas fossem como uma aranha. Viúvas negras. Sedutoramente misteriosas, provocantes e perigosas. Uma "femme fatale" e, talvez, real. Como se eu fosse capaz de provocar orgasmos mortais. Henry não é o primeiro homem entre os meus conhecidos a imaginar as possibilidades.

— Seu marido? — Ele pressiona por uma resposta. — Foi acidente?

— Complicações. — Explico: — Ele morreu de complicações. — Digo isso e deixo passar. Não explico o que quer dizer complicações. Confusões. O emaranhado fio da meada que é o elemento trágico da história, as labirínticas quedas livres da escolha, o ímpeto das coisas fora de controle, do medo e fracassos humanos. É melhor que ele pense que Max morreu de um corte no intestino durante uma operação rotineira de apendicite. Ou de pneumonia. A finalização trágica de um resfriado comum mal tratado.

Eu me declaro viúva, refiro-me a Max como o falecido, acrescento que-ele-descanse-em-paz, porque este é um daqueles casos em que uma mentira personifica uma verdade maior. Uma verdade metafórica, porque a verdade literal serviria apenas para distorcer a realidade do meu casamento com Max. Como se o nosso casamento fosse, apenas, mais um casamento que não deu certo. Como se não passássemos de uma estatística nos anais do divórcio. Um casamento que foi para os ares devido a discussões sobre dinheiro ou porque ele a traiu ou porque ela engordou ou porque eles se distanciaram. Todas as razões habituais para um casamento acabar. Nosso casamento não foi assim. De modo algum.

Para fazer justiça ao meu casamento, era preciso uma morte. A morte era a maneira que isso tinha de acabar, a única saída disponível, e Max era o que devia assumir, porque não seria lógico para mim ser eu o morto. Embora haja mais evidências que justificariam a declaração "Meu casamento acabou porque eu morri", dificilmente poderia dizer isso agora e ser acreditada. Não, estando sentada aqui ao lado da janela de um bar moderno no centro da cidade, com a minha mão sob a mesa descansando na perna de Henry. As pontas dos meus dedos fazem pequenos e suaves círculos em volta do seu joelho. Círculos intencionais, e não para falar que prefiro a parte da viúva em vez da de cadáver.

Nesta versão da história, a parte da viúva é pequena. Não há a cena em que fiquei ao lado do túmulo chorando, enquanto o caixão, com Max dentro, era baixado para a sepultura. Não foi rezada uma missa por Max e não escrevi uma elegia para o enterro. É porque não houve enterro. Não senti como em *shivah* para pranteá-lo, e nunca deixei um ramo de rosas vermelhas, entrelaçadas com beijinhos, no seu túmulo. Na verdade, não há lousa de sepultura que possa exibir, como um terceto talhado no mármore, Max Schirmer/ Marido Amado/ 1993-1994, porque Max não está morto dessa maneira.

No sentido convencional da palavra, tanto quanto sei, Max não está nem um pouquinho morto. Entretanto, para mim, Max está mortinho da silva. Uma convicção fortalecida pelo fato de que ele agora mora em Los Angeles. A cidade dos anjos, que é um lugar de céu claro, fofas nuvens brancas, estrelas de cinema, palmeiras, piscinas azuis, não muito diferente de uma vida após a morte.

Neste ínterim, o pobre Henry está tendo algo parecido com um ataque de asma. Sua respiração é curta e rápida, o que é um criptograma para "excitante como um sapo". Considerando o quanto sou responsável por essa condição, com os meus dedos deslizando pela sua coxa, me convidei para ir a sua casa. Não está na minha natureza ficar provocando os outros para nada e, também, esse é o meu modo de conseguir o que quero.

— Vamos para sua casa — digo, porque, de um modo geral, meu apartamento está proibido para convidados. Os fantasmas que vivem lá comigo, Dora e Estella, não aceitam estranhos, e os fantasmas chegaram ali primeiro.

2

carmen: Palavra latina que geralmente significa "canção" ou "poema lírico"; por ex., *Carmina* de Catullus. Seu uso mais abrangente inclui profecias, respostas de oráculos, encantamentos, hinos triunfantes, epitáfios, feitiços e até formas legais. A palavra parece ter uma conotação com inspiração divina, a canção do poeta como agente de um deus ou musa.

Não importa que eu tenha ficado acordada até tarde, ontem à noite, apenas para dormir numa cama que não era a minha. Ou talvez seja porque acordei tarde dormindo numa cama que não era a minha. Seja lá o que for. Estou de muito bom humor. Com certeza, gosto deste Henry. Ele é bonito. Ele é doce. Tem potencial. E também acontece ser o meu dia favorito no calendário acadêmico, porque é o último dia do calendário acadêmico.

Rindo como uma boba todo o tempo, enquanto entrego minhas notas, pego o meu cheque de pagamento e dou por acertados três meses pelo menos e, com um pouco de sorte, mais do que isso. Por sorte quero dizer o dinheiro entrando como uma dádiva.

 Sou, por profissão, uma poeta. Se considerarmos profissão quando se ganha um salário próximo do mínimo. Um que permite comprar algo para jantar que não seja macarrão Kraft com queijo, três por um dólar. Para isso, para ter dinheiro de verdade para gastar, tenho tido a sorte de receber bolsas ocasionais ou prêmios que me sustentam temporariamente. Escrevo, ainda, críticas de livros e leciono meio expediente.

 Dou aulas em oficinas de poesia numa pequena universidade de artes liberais, onde o requisito para admissão é a capacidade de pagar a exorbitante taxa de ensino. Nesta escola, não há busca de excelência. A não ser que excelência signifique operar no azul. Não posso dizer que gosto de ensinar, exceto quando diz respeito aos estudantes que se apaixonam por mim. Rapazes de dezenove, vinte anos, bonitos e gostosos, que babam por mim, fazem o trabalho valer a pena. No entanto, apesar dos prêmios óbvios, eu desistiria, se pudesse. Se os livros de poesia vendessem como os livros de culinária e os passos-fáceis de guias espirituais, se os honorários que recebo pelas leituras estivessem perto da remuneração dos desgraçados políticos, em vez de ser a ninharia que é, eu pediria, rapidamente, minha demissão. Prefiro não ter compromissos.

 É um choro vergonhoso mas é assim que é para os poetas. Temos de ter um trabalho diário para sobreviver e comprar, ocasionalmente, as roupas da moda. Até mesmo poetas famosos como eu.

 Sou uma poeta famosa, quer dizer, estou a um passo da fama. Não famosa a ponto de ser parada nas ruas para dar meu autógrafo, mas tão famosa quanto qualquer poeta pode ser na América, por estar morto e com uma escola de grau médio com o seu nome. Quando se pensa nisso, minha fama é completamente insignificante comparada àquela das estrelas de cinema, atletas, apresentadores de *talk shows* e *serial killers,* mas, mesmo assim, apareci na revista *People,* o que não é de se desprezar. Uma entrevista de duas páginas na *People.* Uma entrevista, uma crítica do livro e minha foto embaixo do cabeçalho "Lila Moscowitz — A nova formalista faz onda".

O grande estardalhaço sobre mim é que eu escrevo obedecendo rigorosamente, alguns poderiam dizer anacronicamente, à forma. Sonetos, vilancetes, cançonetas, sextinas, essas coisas, que não têm nada de novo, para dizer o mínimo. É que, aderindo à forma, a minha linguagem é a da rua. Com gíria, coloquial e desbocada. Escrevo pornografia e sujeira em *terza rima.* Meus poemas são muitas vezes áridos, feios e fermentados com um humor negro. Escrevo sobre a experiência individual, na crença de que uma vida reflete todas as vidas. Dizem, aqueles que gostam dessas coisas, que sou tanto uma poeta intimista quanto formal. Acho que é verdade, embora muitos episódios que conto não sejam meus, necessariamente. Isto acontece com todos os escritores. Eles roubam fatos de nossas vidas e fazem o que querem.

Por um tempo muito curto, tive um caso com um escritor de ficção, que escreveu uma história na qual eu era a personagem principal. Na história, eu era inválida devido à pólio. Ele me fez com braços de palito e aparelhos de aço nas pernas. "É uma metáfora", disse ele. "Representa a sua paralisia emocional." Não havia nada que eu pudesse fazer sobre a história dele. A não ser compor um vilancete com um refrão crítico sobre a sua anatomia, mas teria sido vulgar. Em vez disso, optei por ficar longe de escritores de todos os tipos, porque sou uma pessoa muito introvertida. Os escritores não respeitam a privacidade, e isso vale o triplo para mim.

Muitos dos poemas que escrevo são sobre sexo. Tenho um dom para o assunto. O entra e sai. Meus poemas tendem para o lado sórdido da cama, os lençóis manchados. Escrevo sobre sexo porque não tenho o dom de escrever sobre o amor, e não é por falta de tentar. Tenho tentado, inúmeras vezes, mas sempre é como encarar uma parede branca que se fecha sobre mim, inspirando nada, só pânico. Em conseqüência, meu sucesso é baseado no meu fracasso. Sou uma fraude.

Neste semestre, havia um rapazinho chamado Frankie que ficava vermelho como um tomate sempre que eu chegava perto dele. Eu ficava, de propósito, junto da sua carteira, inclinando-me sobre seu ombro para ler o que ele tinha escrito. "Ooooh", eu dizia em seu ouvido. "Ótimas metáforas. Gosto delas assim. Boas, realmente, muito boas." Como todos os estudantes, o que Frankie escrevia era uma porcaria. Suas metáforas e símiles eram clichês domésticos. *Frio como o ar ártico. Quente como as chamas do inferno. A menina boazinha usa sapatos brancos.* Coisas desse tipo. Seus pensamentos e observações postos no papel eram banais e insignificantes, mas eu encorajava Frankie porque respeitava seu gosto pelas mulheres. Seu desejo por mim indicava que havia mais em Frankie, que havia, nele, talentos desconhecidos. Como se por trás da fachada embrutecida houvesse potencial para o desastre, e eu admiro isto num rapaz.

Também neste semestre, tive uma queda por uma garota. Ela era tão bonita quanto vazia. Segurando um volume intacto de *The Sun Also Rises*, ela me perguntou:

— Você já leu este livro? — O chiclete estalou e ela lamentou-se magnificamente. — Detesto ler. Detesto. Não entendo por que tenho de ler este livro. O que ele vai fazer por mim?

— É uma boa pergunta — disse eu, e lhe dei um conselho. — Faça a você própria um favor, não o leia. O que posso lhe dizer é que livros como este podem arruinar a sua vida.

Vou sentir um pouco a falta de Frankie. Ele se empregou como *caddie* num campo de golfe, nos meses de verão, e estou planejando fazer alguns trabalhos. Tenho um livro de poemas que precisa ser montado. Vai fazer três anos agora que estou tentando organizá-lo. É para ser o meu terceiro livro, mas ele continua disperso. Talvez neste verão eu consiga fazer isso. Também planejo preparar alguma palestra. Passar umas tardes frívolas com a minha amiga Carmen. Procurar Henry, e ver o que aconteceu com ele. Aceitei fazer um bocado de palestras, falar num congresso em Vermont e participar de um painel de discussão em outro congresso em Nova Jersey. Além disso, estou ansiando por uma fieira de dias sem compromisso, que é como gosto que minha vida se desenrole.

Em vez de ir direto para casa, vou para a casa de Carmen e entro. Carmen dorme profundamente na sua cama, o que precisa de uma certa habilidade porque um barulho infernal, o som constante de um martelete, invade seu apartamento. É como estar dentro de uma enxaqueca. Eles estão esburacando a Hudson Street outra vez. Fecho a janela, Carmen se espreguiça e esfrega o sono dos olhos.

É o rito do verão. No começo da estação, homens de bíceps desenvolvidos chegam a Hudson Street com seus marteletes para quebrar a rua, cavam fundos buracos e desperdiçam tempo sob a superfície da terra. No fim do verão, colocam asfalto novo e refazem o que quebraram. Se não for, talvez, o fruto da eterna danação, esse ritual parece ser sem propósito.

Carmen fechou seu semestre ontem. Carmen é professora adjunta em tempo integral, se considerarmos encaixar três aulas na programação de terças e quintas um emprego de tempo integral. Duas seções de literatura americana do século XIX e um seminário de alto nível sobre a literatura da obsessão. Uma linha obsessiva é uma característica que Carmen compartilha com Ahab, Marlow, Humbert Humbert, Gatsby e Aschenbach; ela também compartilha algo com a Polícia Montada Canadense. Carmen sempre pega o seu homem. O que não faz é conservá-lo. Carmen foi casada e divorciada três vezes. Até agora, pois está certa de que se casará mais umas três, quatro vezes, antes de se acabar, porque, segundo ela, este é o seu destino. A tese de Carmen recebeu o título de "A divina inevitabilidade: A numerologia de *Lolita*". Nas quartas-feiras, ela trabalha em horário comercial e assessora as reuniões do departamento. Passa longos fins de semana sozinha.

Eu me acomodo na poltrona e Carmen vai para a cozinha fazer café. O café de Carmen é horrível. Amargo, fraco e morno. É intragável, mas eu me acostumei com ele e ela não parece saber fazer de outra maneira. O que é estranho, porque Carmen é da América do Sul. Paraguai, e embora ela tenha vindo para cá ainda criança, seria natural que soubesse diferenciar uma boa xícara de café de uma péssima. Admito que fiz um julgamento precipitado sobre o café de Carmen. Muito preguiçosa para me incomodar com filtro e toda a parafernália que vem numa cafeteira, só faço café instantâneo. No entanto, o meu café congelado Folgers é muito mais forte e cheiroso do que o café fresco de Carmen. Sem falar que o café que eu faço é mais quente do que a temperatura ambiente.

Carmen volta com duas canecas com o líquido e se senta, bocejando:

— Não dormi nada a noite passada. Estou preocupadíssima.

— Com o quê? — Porque qualquer coisa pode deixar Carmen preocupada. Ela está sempre muito preocupada com as partículas de poeira de chumbo no ar, atiradores de tocaia nos edifícios, pesticidas nas frutas, estupradores na vizinhança e radiação do aparelho de televisão.

— Você — diz ela, e acende um cigarro. Carmen fuma Pall Mals, sem filtro. — Seu aniversário. Está chegando e eu estou perdida. Já quebrei a cabeça. Tem de me ajudar. O que você quer?

O que eu quero? Como se não fosse esta a eterna pergunta. O que Lila quer?

— Que tal amor e felicidade? — digo.

— Não quer paz? — pergunta Carmen. — Isto não faz parte do pacote?

Paz, definitivamente, faz parte do pacote. Compre dois e leve um de graça. Se eu tivesse amor e felicidade, certamente a tranqüilidade desceria sobre meu ser. Eu seria feito Buda.

— OK — digo —, me dê paz, amor e felicidade — e faço uma cara de quem vai vomitar. Zombo dos sentimentos, escondendo-os debaixo do tapete como se fossem sujeira. Faço piadas para desviar as tristes verdades sobre mim, faço comentários maliciosos para camuflar o sofrimento e sou boa nisso. Bem ensaiada. Tenho anos de prática de me fingir impenetrável, e se você finge durante muito tempo, acaba enganando a si própria. Até mesmo Carmen é enganada.

— Não, vamos lá — diz ela. — O que vou dar para você no seu aniversário?

— Carmen — respondo —, meu aniversário é só em setembro. No fim de setembro.

— Sim, eu sei. Setembro. Já está aí.

— Mas ainda faltam quatro meses. Estamos em maio. Por que está se preocupando com setembro, agora? E num dia tão lindo, você quer se preocupar com o meu aniversário? É muito cedo para pensar em setembro. Por favor, espere até agosto para se preocupar.

Mas Carmen não concorda.

— Eu já devia estar me preocupando há semanas. Me dê uma dica. Algo durável. Livros? Roupas? Uma jarra bonita?

Sacudo a cabeça. Não quero uma jarra e, principalmente, não quero falar sobre o assunto. Só esse pouquinho já me causa um drama existencial. Tento afastá-lo como se fosse uma mutuca.

— O que vou comprar para uma mulher que tem tudo? — pergunta Carmen e eu resmungo ao ouvir isso:

— Tudo? Dificilmente eu seria uma mulher que tem tudo.

Há muita coisa que não tenho, e não estou falando só dos itens acima citados, como amor e felicidade, mas nada do que sinto falta é algo que Carmen possa pagar com o cartão de crédito e embrulhar numa caixa de presente. Entretanto, para ajudá-la, menciono:

— Não tenho um aspirador ou um fax. — Eu seria uma mulher desesperada sem Carmen.

— Mas você não quer um aspirador nem um fax. — Carmen me conhece. — Se você quisesse essas coisas, você já as teria.

É a minha maneira de resistir à tecnologia, até que, produto por produto, vou capitulando. Fui a última pessoa em Nova York a ter uma secretária eletrônica, mas, quando enguiçou, pensei que fosse o cinto de segurança do meu coração que tivesse se soltado, tão preocupada fiquei. Estou certa de que finalmente comprarei um fax, mas só no último momento.

— Que tal um carro? Você pode me dar um carro? — sugiro como um presente alternativo, o que também é ridículo. Carmen não tem dinheiro para me dar um carro.

— Definitivamente não. — Ela balança a cabeça com firmeza. — Isto está fora de cogitação, do jeito que você dirige. Você bateria em menos de uma semana. Eu ficaria mortalmente preocupada, se você tivesse um carro. — Ela, então, me suplica que a ajude à voltar a realidade: — Por favor. Pense — ela pede. — Deve haver alguma coisa que você queira. E o que quer fazer? Um jantar? Uma festa?

Carmen fará todo o esforço para saber o que mais quero porque é assim a nossa amizade. Nós ajudamos, apoiamos e encorajamos uma à outra a prosseguir, não importando o quanto perigosa seja a aventura. Fui a dama de honra em todos os três casamentos de Carmen.

Já que Carmen e eu nos damos esplendidamente, é uma pena, em certo sentido, que sejamos as duas atraídas por homens. Depois do repentino, embora previsível fim do seu segundo casamento, eu disse a ela:

— Nós devíamos nos casar. Formaríamos um casal feliz.

Mas Carmen respondeu:

— Nunca me casaria com você. Por que deveria? Para quê? Você não sabe cozinhar. Não mantém a casa arrumada e talvez haja o risco de você me enganar. E o incesto. Isto seria errado. — Carmen acredita que ela e eu fomos irmãs nas nossas vidas passadas. Não entendo disso, mas não se pode negar os laços, a harmonia. Na hora em que nos encontramos, fomos unidas por laços de afeição. Agora somos unidas pelo cimento da amizade, da verdade, e que é mais forte do que o sangue.

Assim, ela e eu estamos destinadas a um amor platônico. Todavia, todos os nossos conhecidos dizem, freqüentemente, que ela e eu, de vez em quando, trocamos beijos apaixonados, que Carmen acaricia meus seios, que a minha língua explora o alto de suas coxas. As pessoas acreditam no que querem. Não importam os fatos.

Carmen é generosa ao se preocupar com o meu aniversário com tanta antecedência. Querer que o dia seja maravilhoso, mas isso é impossível. Meus aniversários nunca acabam bem para mim. É bem o oposto. Meus aniversários são desastrosos. Nunca recebo o presente que mais queria. Ou recebo o presente que mais queria apenas para sofrer a epifania: O que me faz pensar que eu queria isto? Equiparo o desapontamento com o presente, o desapontamento com o amor e nada me satisfaz nesse dia. A festa de aniversário ou é tão grande que fico perdida e esquecida, ou é pequena e miserável e melhor seria chamá-la de uma convocação deprimente de perdedores, em vez de uma festa. Chove se faço planos para fora de casa, e sofro e soluço copiosamente. Como se o meu aniversário fosse destinado a ser uma reafirmação da própria experiência do nascimento, pareço reviver esse fato horrível. Ou um pouco desse horror. Em outras palavras, eu detesto. É uma tradição minha, no aniversário, ficar psicótica, esquizofrênica ou catatônica, dependendo do estímulo externo. Para encurtar a história, eu e meu aniversário não combinamos.

— Temos todo o verão pela frente. Estou certa de que me lembrarei de algo de que preciso. Não se preocupe, ok?

Prometo a Carmen que pensarei sobre o assunto, embora a verdade é que tentarei não pensar no assunto. Mas não vou conseguir. Agora que o assunto veio à tona, ele ficará me perseguindo, invadindo meus dias e interrompendo meu sono, e quanto menos eu tentar pensar nisso mais pensarei.

Carmen diz:

— Ok. — Mas ela não parece muito segura. — Você é uma mulher difícil de se agradar, Lila — diz ela. Todo ano, em relação ao meu aniversário, Carmen diz isso para mim, que sou uma mulher difícil de agradar. Agora ela me pergunta: — Quer mais café?

Olho para dentro da caneca e fico surpresa ao ver que está quase vazia.

— Claro — digo —, por que não? — Afinal, prefiro beber aquele café horrível a não beber nenhum, e, então, conto a Carmen tudo sobre Henry.

3

explicação: Também chamada análise formal, estrutural ou textual; examina a poesia para a compreensão de cada parte e a relação destas partes com o todo.

Em casa, apanho a correspondência da minha escrivaninha, e ali, em letra de fôrma, em meu exemplar gratuito da *Língua Obscura*, que é um jornal de retórica pomposa para bundões, algum outro poeta escreveu uma crítica injuriosa sobre o meu trabalho. Esta é a razão pela qual os editores pensaram em me mandar uma cópia, sem que eu pedisse. Pude então ver por que esta poeta que usa o nome Ankh tem um problema com a minha poesia. É isso aí. Ankh. Nada de sobrenome. Ankh, nos dias de hoje, sem mais nem menos. Ankh.

Meus fantasmas estão à mesa da cozinha, sussurrando entre eles. Os fantasmas, aprendi, não dormem à luz do dia, como se poderia supor, e Dora ri. Riso que soa como o som de sinos. Peço-lhes para baixar o volume.

— Estou tentando ler — digo.

Aquela Ankh é uma poeta de questionáveis habilidades, para não falar da visão crítica de uma toupeira, nada a faz parar. Ela ataca a minha garganta, a minha alma, porque uso uma palavra que ela mal consegue suportar. "A palavra boceta", declara ela, "não está no dicionário do poeta." Ela não escreve *boceta*, mas soletra, b-o-*-*-t-a.

Discordo. A palavra *boceta* está no dicionário do poeta. Está no meu dicionário e acho que é uma palavra linda. Do mesmo modo que sou fascinada pela palavra *ginecologista*. *Ginecologista* é uma palavra que rola na minha língua como se estivesse untada de manteiga. Também sou muito ligada à pessoa do meu ginecologista. Assim como sou ligada ao meu terapeuta, embora não goste tanto da palavra *terapeuta*. A palavra *terapeuta* fica atravessada na minha garganta e ofende a minha sensibilidade. No entanto, gosto desses dois homens, se bem que prefira quando o ginecologista faz o exame.

É apenas uma coincidência que o consultório do meu terapeuta e o do ginecologista estejam no mesmo trecho da Wawerly, embora meu terapeuta não acredite muito em coincidências.

Tenho consulta com Leon toda terça-feira das 3:00 às 3:50 da tarde, o que é a idéia do terapeuta de uma hora. Da mesma forma que o ano, que para ele tem onze meses. Todos os terapeutas fazem isso, truncam o tempo, raspam dez minutos de uma hora e apagam um mês do ano. A maioria das vezes é agosto, quando eles desaparecem. Enquanto eles estão se espadanando em Hamptons ou se empanturrando na Toscana, você é deixada sozinha se afogando.

O consultório de Leon é escuro e sóbrio. Diplomas de Harvard, da Universidade de Chicago e do Instituto de Psicanálise de Nova York estão pendurados nas paredes forradas de madeira. As estantes são, em sua maioria, ocupadas com pesados volumes sobre desordens da personalidade, estudos de casos, teoria psicanalítica, o *Diagnosis and Statistical Manual od Mental Disorders* volumes I-IV. Leon tem, também, a obra completa de Oscar Wilde. Imprensados entre *Freud's Brain* e *Dreams* de Jung estão meus livros, que dei de presente sob a condição de ele não os colocar muito embaixo para que não tivesse de se abaixar muito ao procurar pistas sobre a minha vida pessoal. Eu também me recusei a escrever uma dedicatória além do meu autógrafo na primeira página. "Não escrevo dedicatórias grosseiras na primeira página", disse para Leon, o que não é inteiramente uma regra que adoto na vida. Para estranhos, para os meus alunos, para a platéia, para aqueles que comparecem às leituras segurando livros com as mãos suadas, para eles fico encantada em escrever sujeiras na primeira página.

Escolho um assento no meio do sofá de três lugares que faz um semicírculo em volta da cadeira de Leon. Esse sofá é projetado para terapia de grupo. Leon tem grupos, três vezes por semana à noite. Não fui convidada a participar de nenhum, mas mesmo que o fosse, recusaria. Não gosto de compartilhar minha intimidade com grupos de vítimas de pequenos desapontamentos da vida. No entanto, seria bom ser convidada.

Bem na minha frente, numa cadeira escandinava em forma de S, Leon enrosca-se confortavelmente. Associo aquelas cadeiras com problemas de coluna e aos velhos *hippies,* cuja pança e peitos caídos obstruem a visão das sandálias Birkstenstock nos pés. Leon, entretanto, é alegre, e nos seus pés está um par de *escarpins* azul-marinho de couro, com salto de dois centímetros. Aposto que são sapatos de Ferragamo ou talvez de Gucci. Couro macio e estilo clássico e um complemento de bom gosto para sua saia de linho bege. Um broche de ouro está preso na gola enfeitada da sua blusa branca. Meu terapeuta é uma *drag queen*, mas moderada. Gosto disso a respeito de Leon. Ele é literalmente uma *drag queen*. Admiro sua coragem, mas nem tanto o seu gosto, que é muito conservador. Poderia dizer que Leon desmoraliza o *drag*, com a saia na altura do joelho, os *blazers* bem talhados, sapatos discretos, o cabelo num pajem e um batom rosa-perolado. Mas, para ser franca, nunca o vi fora do consultório. Talvez nas noites e nos fins de semana ele brilhe com plumas e paetês.

Leon é, também, uma pessoa compreensiva. Ele sabe logo o que tem de desmascarar. Tentar enganar as pessoas e a si mesmo. Aceitar que sua alma está em constante conflito com a sua matéria. Que, lá no fundo, você é uma pessoa completamente diferente. Sem falar que Leon sabe o que é ser um pária e uma ovelha negra. Fora isso, perto dele, pareço normal.

— Sua meia desfiou — digo para ele, e Leon cruza as mãos no colo e espera por mais. É uma técnica empregada pelos terapeutas e, também, pela polícia. Sentar e esperar, até que você não agüenta mais a pressão do silêncio. Você desiste e solta os cachorros. Leon é um gênio nessa técnica. Ele sabe esperar melhor do que ninguém, e eu sou fraca. Eu confesso:

— Tenho um namorado. Um de quem eu gosto — acrescento.

Leon fica satisfeito e, embora tente, não consegue esconder isso. Por trás daquele seu aspecto frio e profissional, está escondida uma mãezona que deseja ardentemente que eu encontre um rapaz bom e me acalme, o que ele acredita que não pode acontecer até que eu me recupere de Max. Como se Max fosse uma doença curável, embora Leon não fale isso. Ele diz que preciso aprender a confiar, confiar no amor.

Eles nunca se encontraram, Leon e Max. Só comecei a ter consulta com Leon depois que o casamento estava terminado; mas o pai de Leon foi morto pelos nazistas e sua mãe ficou louca com tanto sofrimento, e apesar da sua prática em mostrar indiferença, posso afirmar que Leon não suporta um alemão. Ele não admite isso claramente, mas se preocupa com a idéia de que Max tenha arruinado algo em mim, assim como os nazistas destruíram a capacidade de sua mãe de fazer outra coisa a não ser gritar à noite. O que ele diz é que Max era simplesmente um sintoma de um conflito maior.

— Então, me diga — pergunta Leon. — Quem é esse cara sortudo?

— Seu nome é Henry — respondo. — Ele é divorciado, tem dois filhos, um gato, um hamster e um peixe dourado. É economicamente independente. Ele é muito doce — digo, e Leon brilha como um farol, guiando-me para a segurança, até que acrescento: — Quem sabe? Ele pode ser o tal.

Leon acha que é melhor não se precipitar. Ele não gosta de pôr o carro na frente dos bois. Para Leon, o futuro não é tão claro quanto o passado. Entre Carmen e Leon é melhor eu percorrer todos os tempos verbais.

— Você está fazendo sexo seguro, espero — diz ele.

— Leon, ele foi casado por doze anos. Sou seu primeiro caso em toda uma década.

— Não importa — diz Leon. — Por favor, me prometa. Você usará camisinha.

Desvio o olhar e prometo que usarei camisinha, o que é uma mentira, e olho para o relógio. Às vezes, a hora truncada não é suficientemente truncada. A consulta continua, preciso de um novo assunto para falar, e digo:

— Meu aniversário está chegando.

Leon sabe coisas sobre mim e meus desastrosos aniversários. Embora não saiba de tudo. Ainda tenho que contar detalhes interessantes, mas estou com Leon há mais de dois anos. Em conseqüência, ele sabe muito bem da triste história do meu último aniversário. Como eu ia me produzir, como fui ao Saks e comprei uma echarpe cara que estava fora do meu orçamento. Gastei uma pequena fortuna com aquela echarpe e acabei esquecendo-a num táxi, o que me estragou o restante do dia, a ponto de ficar dando pontapés nas paredes do meu apartamento e uivar como uma fera ferida até adormecer de exaustão. O ano anterior, quando fiquei enrolada numa posição fetal, da qual fui incapaz de me desfazer durante dezoito horas, e o ano anterior a este — bem, naquele ano eu ainda estava casada com Max. E foi o mais horrível aniversário de todos. Nessa data, bato na madeira.

— Seu aniversário está muito longe ainda — observa Leon.
— O que a faz pensar nele agora?
— Carmen. — Ponho a culpa na minha amiga. — Carmen está preocupada com isso.
— E você? — pergunta Leon. — Você está preocupada com isso?
— Tento não pensar no assunto — digo —, mas Carmen insiste comigo sobre um presente. Sobre o que eu quero.
— E você tem idéia do que poderia ser? — pergunta Leon.
— O que você quer?
— Nada — respondo. — Não há nada que eu queira — mas Leon não me solta do laço tão facilmente.
— E se tudo funcionasse maravilhosamente bem — diz ele —, se o seu aniversário fosse o dia perfeito que você imaginou, como seria?

Digo para Leon que não posso imaginar tal coisa. É forçar demais e Leon me dá uma tarefa.

— Pense nisso — diz ele. — Feche os olhos e veja o que pode evocar. Tente visualizar um feliz aniversário para você.

Com os olhos fechados, primeiro vejo a escuridão, o que é uma coisa melhor do que o que se segue. Que é Max.

4

verso livre: Este nome inapropriado é uma contradição em termos. Há somente dois modos de linguagem — prosa e verso. Ou a linguagem é métrica ou não é métrica; não pode ser ambas simultaneamente.

C̲O̲M̲O̲ S̲E̲ H̲O̲U̲V̲E̲S̲S̲E̲ U̲M̲ T̲E̲S̲O̲U̲R̲O̲ enterrado no final, Max e eu planejamos cuidadosamente o meu aniversário. Deveria ser um dia perfeito. *O* dia perfeito. Max faltou ao trabalho. Uma ausência por razões particulares, porque ele nunca se desculparia dizendo que estava doente, quando não estava. Um homem com uma espécie particular de honra, este seria o tipo de mentira que Max jamais diria. Tomamos café na cama.

Dali, da cama — ah, que delícia —, iríamos ao Museu Whitney para ver a exposição Hopper e, depois, almoçaríamos num lugar elegante. Max fez as reservas, mas manteve segredo sobre o lugar. Uma surpresa. Max considerava surpresas uma coisa boa, um presente. Mas Max era alemão e eu sou judia, e a história nos conta das surpresas que eles tinham em estoque. O que é também a minha maneira de deixar escapar que, sob certas circunstâncias, posso ser um pouco ingrata. Não é que sinta orgulho de ser ingrata. Não é uma das minhas melhores qualidades, mas nem sempre há um antídoto disponível para o que nos aflige.

Usei um vestido leve de lã, branco casca-de-ovo, com um *blazer* combinando, e, no caminho para o metrô, mantive os olhos baixos, não ousando ver nada a não ser calçada, pés e cãezinhos. Só quando estávamos seguros, sentados no trem, e ele partiu da estação, foi que respirei aliviada. Como se tivesse escapado do perigo. Perigo. Para mim, a vizinhança da nossa casa era cheia de perigo. O que era muito real, ainda que tudo só estivesse na minha cabeça. Olhei pela janela na expectativa de divisar o inimigo.

Por cima do barulho do velho vagão do metrô, que não oferecia o silêncio e a maciez que os carros mais novos oferecem, Max disse:

— Estou ansioso para ver por que você aprecia tanto a pintura de Hopper.

Certa vez, escrevi uma série de sonetos spenserianos tentando contar as histórias baseadas nas pinturas de Hopper. Tristes e sórdidas histórias todas elas, de pessoas patéticas, solitárias e infelizes, marginalizadas, bêbados e pedófilos, mas acabei por rasgar os sonetos e jogá-los no lixo. Os poemas sobre pinturas são pretensiosos, não importa o quanto você os burile. Ainda assim, um quadro de Hopper fazia doer lugares desconhecidos dentro de mim. Lugares onde eu era suscetível ao toque porque as pessoas de Hopper são, também, pessoas solitárias. Só de olhar para elas você pode dizer que não são amadas e, independentemente do número de figuras no quadro, cada uma delas é um ser solitário. Como se existissem numa caixa invisível que não pode ser penetrada pelo amor ou pelo toque. Dentro de si mesmas, elas estão entorpecidas e sem esperança.

Até agora, Max tinha visto apenas reproduções. Impressos e calendários eróticos de Nightawks e os achara horríveis, vulgares e perturbadores. Max apreciava os trabalhos dos alemães expressionistas. Paul Klee, Franz Marc, Ernst Ludwig Kirchner. Esse tipo de coisas, coisas da mente, que não podiam me inspirar porque não têm cheiro.

— Bem — Max pegou minha mão e a apertou. — Estou ansioso por esta experiência. Estou preparado para ter uma mente aberta — disse ele, o que era o tipo de mentira que Max dizia. Max gostava de acreditar que estava aberto a idéias novas, mas suas opiniões eram entidades imutáveis e esculpidas em pedras de mármore. Assim como seus mandamentos, cada um dos julgamentos de Max carregava o mesmo peso. Com a mesma gravidade com que considerava a pena capital um crime sancionado pelo governo, considerava os Beatles como um grupo de terceira categoria. Max era o tipo de pessoa que fazia palavras cruzadas com tinta.

Não causou surpresa quando ele ficou parado, como a ponta de um compasso, no centro do segundo pavimento do Whitney e declarou:

— Horrível. Esses quadros são horríveis. Lixo sentimental.

À maneira como todos os alemães fazem as coisas, Max aprendeu inglês pelas regras. Com rigor teutônico, ele seguia as regras gramaticais com suas conclusões lógicas. Mas o inglês não é uma língua lógica e é cheia de exceções. A adesão rígida às regras o levou aonde as adesões rígidas às regras levaram seu povo antes dele. Só que vão longe demais e aí quebram a cara. À maneira como um robô tem um curto-circuito quando confrontado com emoção, Max se confundia com a língua, o que, no início, eu achava adorável. Ele também pluralizava palavras que, pela lógica, deveriam estar no plural, mas não estão. Como, no princípio, ele disse *rendas*, tocando com os dedos o debrum da minha calcinha.

— Eu adoro rendas — disse ele, e então, na vez seguinte que nos encontramos, usei um *collant* em renda cruzada, dos quadris até os seios:

— Estou usando rendas para você — disse eu, e ele levou um certo tempo para adivinhar que ele deveria ter dito renda, a renda do debrum da minha calcinha, ao contrário das rendas que teciam o *collant*. Embora gostasse muito destas também. Rendas. Como lixos.

— É lixo — repeti entre dentes, porque ele não poderia expressar julgamentos desagradáveis sobre meu gosto e meus sentimentos, como se estivesse desprezando alguma parte de mim, a parte mais delicada. Como se estivesse dizendo que a minha tristeza era um lixo sentimental. Não precisava ter dito aquilo. Por mim. Pelo meu aniversário. — Lixo. — repeti.

— Sim. Um lixo. Pinturas horríveis. Imaturas. Estou chocado com você, Lila. Caindo em tão óbvia manipulação. Esses quadros não são o trabalho de um artista maduro. Parecem histórias pieguentas.

— Histórias piegas — eu o corrigi, e então como um aparte murmurei: — Filho da puta arrogante, não sabe nem mesmo falar inglês.

— O que você disse? — perguntou ele, embora eu soubesse muito bem que havia escutado. Entretanto, fiz o que ele queria.

— Filho da puta arrogante — repeti. — Você não tem nada, a não ser desprezo pelos sentimentos dos outros.

— Lila, qual é o seu problema? As pessoas podem discordar sobre assuntos de estética — disse Max.

— Qual é o *meu* problema? Você não gosta dos Beatles, e me pergunta qual é o meu problema? Só isto já mostra o filho da puta arrogante que você é.

Talvez fosse apenas uma questão de gosto, mas a mim parecia que eu permitira a Max dar uma espiada nas minhas partes mais íntimas, e em vez de admirar a graça, ele desprezou a beleza e a vulnerabilidade e chamou de lixo aquela parte mais perto do meu coração.

— Foda-se, babaca arrogante — repeti várias vezes, e num instante começamos a discutir. Uma espécie de debate em écloga. A forma poética de uma discussão entre amantes da natureza, só que nós não falávamos em oitavas. Era mais em prosa *staccato* e no segundo andar do Whitney, que, não sendo uma paisagem pastoril, era tão calma quanto um vale. Nós nos xingamos, um ao outro, em voz alta com muita cor local. Parecia estampido de bombinhas, até que ouvi os passos do guarda, vindo em nossa direção. Em vez de sofrer o constrangimento de ser convidada a sair escoltada do Museu Whitney, e ainda mais no dia do meu aniversário, virei-me e fui embora.

O que era, basicamente, como eu queria ficar, sozinha e miserável no meu aniversário. Queria ficar sozinha e miserável no meu aniversário, porque há algo de confortante no que é familiar, e queria que fosse culpa de Max. Queria colocar a culpa do meu sofrimento aos pés de Max, porque não conseguia imaginar outra forma de, finalmente, me livrar dos laços desse casamento.

Atravessando o Central Park, não fiquei na clara e pavimentada calçada, mas, como se estivesse fugindo, avancei com dificuldade por entre os arbustos e sarças. Meus sapatos afundando na lama, fui para oeste para emergir, como uma criança selvagem, na orla da floresta, Central Park West. De lá, andei até a Columbus Avenue. Passei por todos os cafés *tonys* e as moderníssimas butiques, ultrapassando a 96th Street onde a avenida perdia seu brilho. O ambiente ali era pobre.

Estava com fome, uma fome voraz. O tipo da fome que corroía meu estômago e outros órgãos também, mas não ia parar para comer. Queria continuar faminta, como se isso fosse um desafio e parte do jogo que estava jogando, e sentia-me tão cansada como se estivesse andando há dias em vez de horas. Como se eu fosse um condenado foragido ou um refugiado em busca de asilo.

Encardida pelo ar da cidade, pelo vapor dos exaustores e do óleo das carrocinhas dos vendedores de comida, meu rosto estava todo sujo. Tinha sujeira nas unhas, também, e os meus sapatos estavam cobertos de lama, quando desci os três degraus para a barbearia. Uma barbearia. Não era o salão elegante aonde costumo ir, onde um homem bonito chamado Kevin tinge meus cabelos da cor cereja preta, mas uma barbearia do velho mundo, para homens. O tipo que tinha na frente um mastro vermelho, azul e branco e, dentro, duas cadeiras elevatórias de couro que pareciam mais projetadas para extração de dentes do que para corte de cabelo. O lugar cheirava a tônico suave para cabelo. O barbeiro era um homem negro e idoso, com um bigodinho.

Sentei-me numa das cadeiras, mergulhei as mãos nos cabelos até os pulsos, como se fosse prendê-los num rabo-de-cavalo:

— Corte-os — disse eu. — Tudo. O mais curto possível. À escovinha.

Era o que eu queria, para o meu interior e exterior combinarem. Tinha vivido como uma vítima de campo de prisioneiros. Deveria parecer como uma vítima de campo de prisioneiros. Tal era o meu raciocínio, tão louco quanto possa parecer.

— Ora, senhorita. — Nervoso, ele cortava o ar com a tesoura, fazendo tic. — Não vai querer que eu faça isso. O seu cabelo é tão bonito. Deixe como está.

Acontece que eu queria que ele cortasse, porque eu estava tendo uma psicose de aniversário e insisti. Prometi-lhe que não ia chorar. Paguei-lhe adiantado, acrescentando uma gorda gorjeta, e ele, então, sacudiu a toalha e atou-a na minha nuca.

Embora não fosse capaz de olhar para mim no espelho, enquanto ele cortava, picava e raspava, toquei a cabeça quando ele terminou. Com os dedos abertos e as palmas das mãos esticadas, senti meus cabelos como as cerdas de uma escova. Tocos de meio centímetro estavam espetados na minha cabeça.

Veio a noite e, sob as luzes fluorescentes, sentei-me no banco de plástico cor de laranja do metrô, minhas mãos cruzadas no colo. Como os judeus, a quem era negado asilo no mundo inteiro e não havia escolha a não ser voltar para a Alemanha e ao destino que os esperava, eu voltava para casa, para Max.

Fixei meu olhar acima das cabeças dos outros passageiros para evitar a possibilidade de contatos visuais. Li e reli os anúncios de cartomantes, dermatologistas e advogados de porta de cadeia (Disque I-N-J-U-R-Y 1). Não havia anúncios para os serviços de que precisava. Como a Cruz Vermelha Internacional ou as Forças Aliadas ou um pagador de fiança.

Entre a estação da rua 145 e a da rua 168, uma inconfundível umidade deslizou entre as minhas pernas. Minha menstruação. Chegara cedo. Cinco dias antes. Eu menstruo, geralmente como esperado, na chegada da lua nova, e sempre sangro pouco no primeiro dia. Mas desta vez, não. Desta vez eu sangrava como se uma artéria tivesse sido cortada ou eu tivesse descoberto petróleo.

Quando o trem chegou na minha parada, levantei-me e virei para examinar as costas do meu vestido. Uma mancha vermelha do tamanho de um dólar de prata tinha se espalhado pela fina lã branca.

No fim do meu aniversário, eu corria pelas ruas escuras, movendo-me entre as sombras. Ensangüentada, com a cabeça raspada, voltei para Max, o que era, eu acreditava, como ele me queria.

5
....

catacrese: A má aplicação de uma palavra, principalmente numa metáfora exagerada ou combinada ou numa metáfora empregada. Não é preciso ser uma impropriedade ridícula, como em má poesia, mas talvez uma deliberada distorção do significado normal e próprio de um termo Às vezes, deliberadamente jocosa.

Com o estardalhaço que os meus fantasmas estão fazendo, mal posso ouvir o que Henry está dizendo:
— Desculpe — digo para ele. — Você pode falar mais alto? Acho que a ligação está ruim. — Dora, a alta com pernas bem torneadas e cabelos pretos, está dando uma busca minuciosa nos armários da cozinha procurando chá, mas não guardo chá nos armários. O chá está na arca no canto e, como ela sempre faz, será o último lugar onde irá procurar. Estella é pequena, cabelos vermelhos, lábios cheios e um sorriso irônico. Ela está na sala brincando com o rádio. Ela está procurando a estação que só toca *charleston*. Estella é ligada ao passado, assim como Dora, e fico imaginando se

estarei imitando-as. Como se tivessem deixado marcadas as pegadas de Arthur Murray para eu aprender a dança fantasmagórica. Embora tivessem morrido muito antes de eu ter nascido, sei como são os meus fantasmas, porque elas eram irmãs da minha avó e tenho visto fotografias delas. Se não tivessem morrido muito tempo antes de eu ter nascido, eu seria sua criança preferida. Elas teriam me adotado, porque reconheceriam um espírito afim.

— Amanhã à noite — grita Henry no telefone. — Você gostaria de vir jantar aqui? — Digo a ele que sim, que seria ótimo, e ele pergunta: — Há alguma coisa especial que você gostaria que eu fizesse?

— Não — digo. — Não sou uma convidada exigente. Qualquer coisa que você fizer está ok para mim. Exceto lentilhas — lembro. — Não como lentilhas.

— Lentilhas? Não, não estava pensando em fazer lentilhas. Talvez no inverno sopa de lentilhas caia bem, mas nesta época do ano? Quem come lentilhas nesta época do ano?

— Ninguém — concordo. — É por isso que eu não quero.

Max comia lentilhas nesta época do ano e em todas as outras épocas do ano, também. Ele sempre tinha lentilhas de molho na água em cima do fogão. Nunca soube se, de fato, as lentilhas eram um prato típico alemão da mesma forma que o arroz está ligado à dieta chinesa e a massa é básica na comida italiana. No entanto, fiquei com a noção de que as lentilhas são para os alemães como as batatas para os irlandeses, porque Max considerava as lentilhas a comida perfeita. De um modo ou de outro, tínhamos lentilhas todas as noites para o jantar. Sopa de lentilha, ensopado de lentilha, hambúrguer de lentilha, salada de lentilha, salsicha de lentilha, molho de lentilha. E, como a lentilha é uma fonte excelente de fibra, não me dissuadi de que os alemães são profundamente interessados nos movimentos saudáveis dos intestinos.

Era de manhã, na metade do nosso casamento, quando, nua, mas segurando a xícara de café com as duas mãos, recostei-me no umbral da porta da cozinha, olhando Max. Vestido com o que poderia ser seu uniforme — terno cinza, camisa branca engomada, gravata de riscas azuis e vinho —, Max estava no balcão fazendo um sanduíche para levar para o almoço. Queijo gouda, tomate, brotos de alfafa e pão preto. No café, Max comia granola misturada com iogurte. Max gostava de comida natural, o que, apesar da sua convicção, nem sempre equivalia a uma comida saudável. Na maneira de pensar de Max, o açúcar refinado era cianeto cristalizado, veneno que, se ingerido, poderia resultar em morte instantânea, mas o açúcar mascavo era a maneira da natureza de soprar um beijo para você. Embora não fosse estritamente vegetariano, Max não apreciava a carne, e comecei a acreditar que Max comia o que Hitler comia. Que refeição por refeição, a dieta deles era idêntica.

Max embrulhou o sanduíche em papel encerado, o que era um anacronismo. Mesmo na minha remota meninice vi papel encerado ser empregado para embrulhar sanduíches, pois já naquela época era considerado completamente fora de moda. Os americanos usam embrulhos de plástico, sacolas Ziploc, ou papel laminado, mas Max dobrava as pontas do papel encerado com vincos perfeitos e precisos.

No meu primeiro ano na universidade, matriculei-me no Alemão 101. Queria aprender alemão porque pensava que fosse a língua do amor. Sabendo o que pode ser perdido numa tradução, queria ler Goethe no original. Também não queria perder tempo com as línguas românticas. Aquela conversa melosa de *mon amour* e *mon petit chou*. Como se aquilo fosse *sexy* e, com o coração batendo, minhas calcinhas fossem cair até o tornozelo porque, em francês, você se referiu a mim como uma pequena cabeça de repolho. Como se eu quisesse ser uma cabeça de repolho, em que língua fosse. A professora de alemão, uma mulher imensa com um peito que parecia uma mesa de jantar, pediu-nos que pegássemos uma folha de papel.

— Dobrem ao meio — disse ela, e andava como um pato por entre as carteiras, examinando as dobras. Aqueles de nós que não tinham dobrado a folha exatamente pela metade, ponta com ponta do papel, sem sobras, eram dispensados. — O alemão — disse ela — é uma língua precisa. Se você não entende que *metade* é uma exatidão matemática, digo que você não tem lugar nesta classe. — Acompanhada de mais uns doze patetas, juntei meus livros e me matriculei no curso de francês. *Mon petit chou.*

Tirando uma banana do cacho, Max virou-se para mim e disse:

— Onde jogo a pele da banana?

Achei graça, mas o amor me fez corrigi-lo:

— É casca — disse eu —, e não pele.

Max franziu as sobrancelhas e mostrou-se confuso:

— Tem certeza disso? — perguntou.

— Claro — respondi, e continuei: — A banana tem casca, o caqui tem pele. O pão tem casca. E a fatia final do pão chamamos de ponta.

— Oh, que língua! — Com um aceno, poof! Max repeliu uma língua com uma história de mil e quinhentos anos e um milhão ou mais de palavras.

Anos antes de conhecer Max, numa viagem à Europa Central, fiz uma visita a Heidelberg, onde comprei um guia que continha uma cronologia detalhada da cidade. Começando com a construção de uma ponte, todos os puns e arrotos foram mencionados, do ano 800 até 1933, quando houve uma espécie de levante na universidade. Aí, a cronologia parou, e só foi retomada a partir de 1955, após a reconstrução, na inauguração da nova estação ferroviária.

Os alemães têm uma queda para isso. Poof! Eles podem dispensar a história e as palavras, entre outras coisas, com um simples aceno.

— Bem, como quer que vocês chamem, este é o último pedaço de pão. — Max mostrou a ponta, a fatia marrom-escuro, menor do que um ovo. — Você poderia comprar pão, hoje?

— Não — respondi. — Não posso. Não vou sair hoje. Não saio de jeito nenhum.

Aconteceu aos poucos, que eu não conseguisse sair, naquele dia ou outro dia qualquer. No princípio, era por causa do amor. Eu estava amando. Para que sair, quando estava amando? Quando podia ficar em casa, nua. Quando podia me dar ao luxo de ceder a todos os desejos. Abdicar das responsabilidades por causa de uma paixão eterna. Renunciar ao mundo para tornar-me uma odalisca. Foi minha escolha ficar em casa, ociosamente, no sofá ou na cama. Pelo menos, acreditei que tivesse sido assim, uma opção, mas, depois de certo tempo, quando concordei em ir dar um passeio no parque com Max, fiquei tonta. Não uma tonteira eufórica e agradável, mas uma espécie de sentimento doentio, quando seu estômago gira em direção oposta da sua cabeça, o que resulta em ansiedade. Depois, fiquei incapaz, fisicamente incapaz, de entrar no açougue; minha mão agarrou a maçaneta, mas não tive nenhuma ação a não ser retroceder e voltar para casa, até que, numa questão de dias, não conseguia pôr o nariz para fora dos limites do apartamento sem sentir pânico. Se Max estava consciente da minha agorafobia, ele preferiu evitar o assunto. Seus efeitos e suas causas. Talvez fosse bom, para ele também, que eu estivesse auto-internada, porque não era muito freqüente que ele me convidasse para sair. Antes desse incidente do pão, já fazia semanas que ele me convidava. Fungando como um cão seguindo um rastro, Max levantara os olhos da escrivaninha, que não era, realmente, uma escrivaninha, mas uma prancheta. Limpa e branca, amplamente iluminada por um projetor de foco automático.

— Estou sentindo um cheiro ruim vindo da lixeira — comentou. — Você não quer levar o lixo para o incinerador? — Max me pedia um pequeno favor.

Meu coração bateu descompassado. Minhas mãos tremeram e meus joelhos amoleceram:

— Não — respondi.

— Por que não? — perguntou.

Passei a mão pelos tocos do que haviam sido meus cabelos. Com a cabeça raspada, nunca chegaria perto do incinerador.

— Porque tenho de trabalhar.

Assim como não podia ir ao incinerador, também não podia ir à padaria onde tinha o pão preto de que Max gostava, Padaria Kristal, e Kristal me assustava. Seus olhos pretos pintados com rímel dardejavam e os cabelos eriçados como uma colméia gigantesca. Ela falava com um forte sotaque que Max identificou para mim como sendo da Bavária e se ela já não tivesse ultrapassado, há muito, os sessenta, poderia representar a vilã num filme de James Bond. Entretanto, tendo, no mínimo, quarenta anos a mais para esse papel, bem que poderia fazer papel de camafeu, pequeno mas memorável, em outro filme. Baseado em incidentes históricos. Como *A lista de Schindler* ou *Ilse: A loba da SS*.

— Você não pode dispor de dez minutos para ir à loja? — pergunta Max.

— Não. — Fiquei zangada. — Não posso dispor de dez minutos para ir à loja. Não posso dispor de dez segundos para nada. Você tem idéia de quanto trabalho tenho de fazer hoje?

Eu não podia ir à loja e não podia ir ao incinerador e não podia ir ao banco ou à biblioteca ou ao correio. Não podia ir a nenhum lugar além das paredes. Dava as minhas desculpas, na maioria das vezes a minha recusa para sair do apartamento girava em torno de trabalho. Que eu estava quase terminando meu livro, que tinha de achar um formato para o volume, desde que uma coleção tinha de ser como um caligrama, que é um poema onde as palavras são dispostas para refletir o assunto. Tal como um poema sobre uma árvore que tem o formato de uma árvore. Assim, não poderia dispor de dez minutos para dar um passeio ou fazer compras. Estou falando do mesmíssimo livro que planejo terminar neste verão. Naquela época, como agora, o meu livro não estava nem perto de ser terminado porque eu tinha desistido de trabalhar nele assim como desistira de sair de casa, e pelos mesmos motivos.

Era melhor que eu continuasse escondida. Que Max me trouxesse comida e o jornal.

Max colocou na maleta seu sanduíche inspirado em Hitler. Aquela parte também — o fato de levar o almoço para o trabalho — me chocava como uma coisa decididamente alemã. Os americanos pegam os sanduíches de hambúrguer no caminho. Seja o que Deus quiser, atirando tudo pro alto, encomendamos sanduíches caros na *delicatessen* para serem entregues no escritório, na conta da companhia. Somos um bando de esbanjadores, porque, geralmente, não sabemos fazer diferente.

Atravessando a sala até onde eu estava, Max andava com os pés para fora como um pato. Como se tivesse uma barriga de bebedor de cerveja. O que ele não tinha. Era magro como um poste. Entretanto, começava a ficar com a aparência de um burgomestre e me parecia que ele estava usando a calça um pouco acima da cintura. Como se tivesse se tornando um dos seus antepassados, e devo, também, perguntar, o que dizer sobre mim, uma judia, que viu em Max um citadino de Wiesbaden, senão atraente, pelo menos excitante?

Com uma das mãos acariciando meu seio nu, Max beijou-me no pescoço.
— Não se desespere — disse ele. — Vou buscar o pão — e saiu num estado de excitação.

Em frente à minha escrivaninha, fiquei em pé e inclinei-me sobre a cadeira, como se alguém estivesse sentado lá e eu quisesse que essa pessoa sentisse meu perfume. As páginas do meu manuscrito estavam espalhadas, numa desordem. Estava de licença das aulas, em vez de uma licença-prêmio. Era minha intenção dar uma forma a este manuscrito. Revisar cada soneto, cada ode, cada *aubade*, cada rondó, palavra por palavra, sílaba por sílaba, até meus jambos e meus troqueus saltarem e deslizarem para suas casas. Polir meus substantivos até que imagens precisas se refletissem de volta para mim, colocar verbos em atividades e afiar adjetivos até que ficassem com as pontas afiadas capazes de tirar sangue. Sob outras condições, esse era o tipo de trabalho de que eu mais gostava. Divertir-me com a língua. O desafio de brincar com as palavras e mantê-las fiéis à forma e ao esquema da rima. Movendo, moldando, e adaptando, raspando e esculpindo, até as peças do quebra-cabeça se ajustarem com um estalido.

No entanto, não é possível organizar um manuscrito quando você está caindo aos pedaços. As palavras na página estavam borradas como se fossem meus olhos que estivessem falhando.

Rendendo-me ao sofrimento real ou não, liguei a música e fui para o sofá. Como havia feito no dia anterior e no dia anterior àquele, muitos dias antes durante semanas, eu me deitei. Com as costas da mão na testa, descansei como Camille, nua. Percebi vagamente que o sol mudara da manhã para a tarde, quando ouvi uma batida na porta. Tão de leve que poderia ter sido uma ilusão da minha mente.

Baixando o volume do som, vesti meu robe e encontrei uma mulher mirrada no tapete da entrada. Tinha um rosto como papel enrugado e era um caso perdido de osteoporose. O tipo da velha que parecia ter uma maçã envenenada, com o meu nome nela, escondida sob o casaco.

— Desculpe incomodá-la — disse ela —, mas você estava tocando piano? Brahms?

— Piano? Não, nós não temos piano. — Então eu percebi. — Oh. Era um CD.

— CB? — disse ela. — O que é CB?

— CD — corrigi, e convidei-a a entrar para mostrar-lhe.

Ela ficou maravilhada e pensou alto:

— O que mais eles vão inventar? — olhei para os números tatuados no seu pulso, imaginando a mesma coisa. — "Bergen-Belsen." — Ela tinha seguido o meu olhar. — Não se incomode com isso. Foi há muito tempo. Você ainda não era nascida.

— Sim — eu disse, e me senti muito mal. Como se eu tivesse que ter estado lá também, que não tinha sido justo que na época em que eu dormia numa cama de dossel, ela dormisse num carro de boi, e pedi desculpas à Sra. Litvak pela música. — Me desculpe se incomodei. Vou manter o volume mais baixo daqui em diante.

— Oh, não — disse ela. — Por favor. Eu vim aqui porque estava tão bonito. Segui a música. Este CV tem um bom som. É como um concerto. Há muitos anos não escuto uma música tão bonita.

Voltei para o sofá e esperei o dia terminar, e Max voltar para mim. Esperando nua e ansiosa para transar, porque é isso que eu fazia com Max. Eu esperava e pensava sobre a rendição que se seguiria quando Max chegasse, e pensava sobre o que significa quando a linha entre inimigo e amado está claramente marcada, e há uma palavra para isto, para quando você a atravessa?

6
....

canções de gesta: Termo pelo qual eram conhecidos os poemas épicos do francês antigo relatando os feitos de Carlos Magno e seus barões. "Gesta" tem sentidos adicionais de história e documento histórico, e por extensão vem a significar "família, linhagem".

HENRY ME DÁ UM PIMENTÃO VERDE curvilíneo e lascivo e diz:
— Corte isto — o que é irritante e *sexy* ao mesmo tempo. Não tenho certeza se devo dizer "corta você, seu merda" ou cair de joelhos e abrir seu zíper. A indecisão resulta numa espécie de congelamento, quando sou paralisada entre dois lugares. E também, se alguém me convida para jantar, não acho que tenha de cozinhar.

Numa saladeira no canto do balcão, o peixe dourado de Henry dança na água. Sua traseira meneia e o rabo lembra, de certa forma, o que Esther Williams fazia numa piscina.

— Seu peixe dança — eu observo e Henry diz:
— Sim. Significa que ele está com fome. — Henry vai até o

armário e traz comida para peixe em flocos, que espalha na água. Então, diz para mim: — As facas estão naquela gaveta ali. — Com um sinal de cabeça, Henry indica a gaveta à minha esquerda.

Sei perfeitamente que aquele não é o instrumento certo para o trabalho, mas ainda assim pego a faca de manteiga e dou uma olhada no que está gravado. Reed e Barton. Henry tem talheres de prata de lei de Reed e Barton. Imagine só! Muito elegante. Muito elegante mesmo.

Curiosa como sou, abro mais a gaveta para ver o que mais ele tem ali. Tiro uma pilha do que parece ser seis molheiras em miniatura. Também de prata e com monograma.

— Para que serve isto? — pergunto.

— São para amêndoas — explica Henry. As pequenas molheiras são para amêndoas. Cada uma delas é individual e serve para amêndoas e, assim, não há necessidade de as tirar de uma terrina, como porcos da gamela. Um conceito elegante, mas as molheiras são tão pequenas que só se pode colocar cinco ou seis amêndoas em cada uma, o que é uma porção mínima. Principalmente se as amêndoas são salgadas.

Se minha mãe fosse viva, ela ficaria babando com Henry e suas maneiras anglo-saxônicas, aquele oh-tão-fino sangue azul correndo em suas veias, seus talheres de Reed e Barton. Ela tinha esperança de que eu subisse na escala social e chegasse a um lugar lindo, maravilhoso. Mas os mortos não podem babar e eu considero essas molheiras para amêndoas um estorvo.

O apartamento de solteiro de Henry é apinhado com os bens da abundância de dinheiro das gerações passadas. Candelabros de prata, aparelhos de chá, vasos de cristal chumbados, caixas de Limoges cinzeladas e toalhas de mesa de linho. Coisas de uma viúva rica. *Tchotchkes* de uma velha senhora. Geralmente, homens recém-divorciados só o que têm são duas vasilhas e uma colher compradas no Pottery Barn. Henry tem um Wedgwood. Aparelho para vinte e quatro pessoas, incluindo uma sopeira.

Como se isso já não fosse suficientemente peculiar, ele tem uma carta do presidente Eisenhower pendurada na parede do *hall* da entrada. Encaixada em seda crua numa ridícula moldura preta. Eisenhower tinha escrito para os pais de Henry congratulando-os pelo nascimento do filho. Com referência a Henry, o presidente escreveu: "É com grande alegria que dou as boas-vindas ao menor republicano do mundo."

Quando vi a carta pela primeira vez, perguntei:

— Você é republicano? — Se os meus fantasmas descobrissem que eu estava me encontrando com um republicano, eles morreriam outra vez. Como eu, Dora e Estella eram totalmente da esquerda. Muitas vezes ouço a dupla cantarolando a "Internacional". Tive de dizer:

— Serei franca com você, Henry. Preferia chupar um babuíno a um jovem republicano. É assim que eu sou. O que é um contrasenso da minha parte. Eu poderia ter uma progênie nazista, mas nunca republicana.

Henry jurou por tudo que era mais sagrado que era filiado aos democratas.

— Um democrata liberal. Muito liberal — garantiu, mas podia ser que ele estivesse apenas tentando me conquistar. — É que minha mãe era amiga dos Eisenhowers — disse-me ele. — Principalmente da Mamie. Elas foram colegas na mesma escola ou qualquer coisa assim. Era um relacionamento social. Minha mãe nunca falava de política. Você teria gostado de minha mãe — disse ele.

Tinha minhas dúvidas. Uma amiga íntima de Mamie Eisenhower, e que nunca fala de política, nem vem. Podia ver a expressão de Dora ouvindo isso. Não, eu não teria gostado dela. Só que não disse nada, porque é falta de educação insultar a mãe de alguém. Principalmente quando a mãe, em questão, já morreu. A mãe de Henry morreu há seis anos e o pai há sete. Entretanto, eles estão com ele, porque Henry mantém as cinzas em caixas de sapato guardadas no armário do *hall*. Os restos mortais da mãe estão numa caixa rosa, tamanho nove, da loja Pappagallos, e os do pai estão numa caixa da Johnston & Murphy, cordovão preto, tamanho dez e meio.

Henry tem uma explicação razoável para essa grotesca desfaçatez com a morte. É muito simples, ele ainda não tomou uma providência para enterrar as cinzas de seus pais ou espalhá-las como se fossem comida para peixe num oceano, mas planeja fazê-lo.

— Qualquer dia desses. Em breve — disse ele para mim. — Foi uma época muito conturbada da minha vida, quando eles morreram.

Esta é a desculpa que dá. Mas eu tenho minhas próprias idéias sobre a razão de os pais de Henry estarem guardados junto com as botas de esquiar e um galão de *Spray'n Wash*. Idéias sobre os parafusos soltos na sua cabeça como resultado da fraqueza da linha de sangue. Você está sempre ouvindo sobre essa espécie de esquisitice nas famílias reais. Junto com hemofilia A e queixo Hapsburg, eles são propensos à porfíria que se revela com traços de loucura. É o enriquecimento dos genes homozigóticos que faz isso. Endogamia que produz duques com seis dedos em cada pé e *poodles* que não fazem nada, a não ser se sacudir e urinar no tapete.

Cada nova maçã na árvore da família de Henry fragiliza as raízes. As gerações subseqüentes se encontraram menos bem situadas, tanto no bolso, quanto na cabeça. Entretanto, como teve um lastro para começar, Henry podia não ser um rico nojento, mas é capaz de viver bem confortavelmente com a sua herança. O que é bom, porque Henry não tem emprego.

— Ainda não decidi o que quero ser — disse-me ele. — Geralmente, o que gosto é de não fazer nada.

No entanto, Henry me chama de princesa.

— Você é uma princesa — diz ele. — Uma princesa. Nem mesmo sabe cortar um pimentão. — Aparentemente, não estou seguindo as instruções. — Estamos fazendo molho para massa. Queremos pedaços pequenos para temperar. — Henry pega os pedaços e agita-os como se fossem vermes. — Esses são próprios para uma entrada. — Ele critica meu modo errado de lidar com o pimentão.

Perdoe-me por não empregar o procedimento correto de fatiar. Por não saber que há uma maneira certa e uma errada de cortar pimentão. Não sei cortar pimentão ou fazer molho de vegetais frescos para massa, porque eu, também, venho de família rica. Não da espécie de dinheiro da qual provém Henry. O nosso era da espécie de dinheiro que compra molho para massa em potes, no supermercado Waldbaum.

No navio para a América, meus avós paternos, Papa Moscowitz e minha avó Tessie, recém-casados, compartilharam o alojamento com bodes, que foi o primeiro degrau para uma vida melhor. Meu pai e sua irmã Mitzie nasceram num apartamento no Bronx, onde Papa Moscowitz ganhava a vida de maneira patética, lavando janelas. *Schlepping* um balde e trapos de panos, ele ia arrastando seu triste traseiro de loja em loja, perguntando:

— Ei, senhor. Quer que eu lave a vitrine hoje?

Todos esses anos limpando cocô de pombo dos vidros matariam os sonhos de qualquer homem. Qualquer esperança que tivesse estava em seus filhos.

Enquanto freqüentava o City College de Nova York, meu pai tinha aulas de desenho industrial. Lá, com intenção de facilitar os encargos de seu pai, ele projetou um rodo industrial leve e rápido.

Nem um pouco interessado na coisa nova, Papa Moscowitz preferiu ficar com seus trapos e desenvolver uma lesão permanente no cotovelo. Meu pai, no entanto, tinha o entusiasmo da primeira geração. Um homem de visão, a partir do seu rodo industrial construiu um império altamente rentável de limpeza de vitrine.

Sua irmã cresceu, pintou o cabelo de louro e tornou-se uma forte empresária no ramo imobiliário. Casou-se com um *schmuck* e juntos geraram Howard, que era bom com números.

Com dinheiro no bolso e uma aparência de Tyrone Power, o astro de cinema, meu pai se dispôs a conquistar a afeição de Isabelle DiConti, uma Vênus tipo Botticelli que havia encontrado numa festa, quando os alunos do Colégio da Cidade foram apresentados às alunas do Hunter College. Os DiConti tinham sido uma esnobe família judia-italiana que havia perdido tudo, muito antes de minha mãe nascer. Minha mãe e seus pais viviam só de aparência, num apartamento vazio em Riverside Drive. "Não tínhamos mobília", minha mãe me contou, "mas tínhamos um bom endereço." Os DiContis nem sempre tinham dinheiro para a comida, mas o casaco de inverno de minha mãe era de *cashemere*.

Como a jovem Jacqueline Bouvier, minha mãe estava mais do que feliz em reforçar sua linhagem com uma mistura de genes vigorosos e um montão de dinheiro. Com uma pequena cláusula que freqüentemente acontece nos contos de fadas: uma tarefa a ser cumprida. Como prova de amor, minha mãe exigiu que meu pai mudasse seu nome, porque de forma alguma ela iria passar a vida como Bella Moscowitz, que identificava facilmente uma judia. Estava certo ser judia, mas não precisava ser tão, tão judia. Como resultado, eu sou Lila Moscowitz, *née* Morse.

Morse. Como o cara que inventou o código. Morse. Como o Inspetor Morse, o detetive inglês, cujo *show* epônimo continuamos a assistir nos nossos canais de televisão educativas.

— Então, eu americanizei o nome — disse meu pai, justificando a rejeição à sua herança.

— Não foi isso o que você fez — argumentei, na mesa do jantar. — Você o inglesou. Moscowitz é um bom nome americano. A terra de um povo infeliz ansiando por ser livre e todos esses lances. Não tenho vergonha de ser o que sou. — Com o tipo de indignação moral que só uma adolescente, como eu era então, seria capaz de sentir, bati com o punho na mesa e mandei para os ares um garfo da salada. — Não viverei uma mentira — proclamei, enquanto meus irmãos reviravam os olhos para sua irmã espalhafatosa, chata e muito, muito judia.

Se a moderna medicina pudesse refazer a circuncisão da maneira como é capaz de costurar um braço ferido no cotovelo ou um pé amputado, meus irmãos teriam feito isso sem hesitar. Os dois — Robert, o cirurgião da boca, e Michael, o professor de economia — casaram-se com mulheres que são farinha do mesmo saco, de linho. Altas, magras e busto chato, cabelos louros, lábios estreitos. Por uma dessas deliciosas sutilezas do destino, a esposa de Michael chama-se Regan, deixando-me sem escolha de chamar a esposa de Rob de Goneril, o que a irrita terrivelmente.

— Meu nome é Kate. Kate. Por que é tão difícil você se lembrar?

— Porque — digo a ela — você é tão Goneril.

Como na arte de espelhos. Ela *é* tão Goneril. Quando a minha mãe era viva, Goneril a bajulava e se apropriava dela. Beijava-a no rosto, mas, pelas costas, minha cunhada arrasava com ela. A única vez em que Goneril me chamou ao telefone foi para discutir um dilema que ela estava tendo a respeito de minha mãe.

— Você acha que há algum jeito de ela nos dar dinheiro ou vales para presentes para o Natal deste ano? — perguntou.

— Duvido. Por quê?

— Porque sua mãe tem um péssimo gosto. Ela dá presentes horríveis, e, então, tenho o trabalho de trocar tudo.

Eu achava que minha mãe tinha muito bom gosto. Não era o meu gosto, mas nem por isso questionável. Entretanto, isto estava fora de questão. Eu disse:

— A minha mãe não tem de lhe dar nada. Você deveria ser agradecida. Como ela é boa para você. Sei o quanto ela é boa para você porque fico com ciúmes.

Meus irmãos estavam decididos a se casar com mulheres que não fossem judias. Casaram-se com um par de protestantes, e mais do que depressa foram para o Bloomingdale's.

Quando fiz dezoito anos, mudei meu nome para aquele que deveria ter sido sempre. Renunciei ao nome Morse, curto e fácil de soletrar, como uma maneira de firmar minha herança. Para pertencer a algum lugar. Tornei-me Lila Moscowitz e, assim, podia dizer, "meu povo", o que significava alguma coisa. Como com os meus fantasmas, que eu achava que eram uma extensão de minha família, ser identificada como judia, sem muitas obrigações, porque realmente eu não podia seguir os requisitos religiosos. Abracei o patriarcado europeu, um legado que equivalia a três rublos e *pogroms* semanais, mas eu o fiz principalmente para chatear meus pais.

A recuperação do meu nome permaneceu enrustida no armário da família até que foi divulgada nas páginas da revista *People*. Ninguém lê poesia, mas todo mundo lê *People*. Mesmo que neguem, lêem enquanto estão na fila do supermercado ou na sala de espera do dentista.

— Moscowitz — Bella se desculpava com as amigas e vizinhas — é o seu nome de guerra. Todos os escritores têm um nome de guerra. Mark Twain, O. Henry e Richard Seja-lá-o-que-for é na realidade Sthephen King.

— Por que mente sobre o meu nome? Nosso nome? — perguntei a ela.

— Por que você quer nos constranger?

Meus pais estavam tão obcecados, tão envolvidos pela inveja aos protestantes, que quando declarei toda a verdade sobre Max, que ele era parente de sangue de Albert Speer, praticamente sobrinho de Speer, tudo o que minha mãe disse foi:

— Oh. Bem, agora sei por que Max é um boa-pinta.

Éramos a espécie de judeus batizados nas águas cloradas azuis da piscina do Fox Hill Country Club. Da mesma maneira que romenos ricos compravam títulos de nobreza, meus pais compraram o direito de usar um apagador. Como se não houvesse uma história pela qual lutar, como se nada tivesse jamais acontecido, meus pais se consideravam como Adão e Eva habitando no paraíso de Westchester County. Adão e Eva, que eram judeus, mas não abertamente judeus. Nada como Moisés. Aquele fanático. Moisés era o tipo de judeu que desgraçou a minha família com toda aquela gritaria, milagres e aquela barba.

Ser judeu como Moisés era antiamericano. Algo de que Joe McCarthy poderia julgá-lo culpado. Bella achava que os judeus deveriam ser discretos e descrentes. Ela não suportava os ortodoxos e, principalmente, os hassidim. Como se eles contagiassem com a culpa, por associação. Praguejava contra eles por usarem sua fé — *yarmulkes*, barbas, *payas*, *tefillin*, longos casacos pretos no verão, perucas e *babuskahs* — para o mundo ver e zombar.

— São sujos e ignorantes. Dão aos judeus uma fama ruim — disse minha mãe.

Não é que nós, judeus americanos novos-ricos, não tivéssemos nossa própria roupagem. Oh, nós tínhamos. Roupas de estilistas com etiqueta aparecendo. Oscar de La Renta ostentado no peito. Glória Vanderbilt e seu cisne no bolso da calça *jeans*. As maletas de Louis Vuitton que — sinto muito, mas é verdade — parecem bolsas de vinil cor de diarréia e eu não daria cinco dólares por elas. Congelamos nossos cabelos e pintamos nossas unhas com esmalte congelado. Do mesmo modo como o Menino Jesus recebeu presentes de ouro, incenso e mirra, eu recebi presentes tais como um anel com a pedra zodiacal, um colar de pérolas que podia ir aumentando, e um colar com o nome *Lila* gravado em ouro de 14 quilates, o *i* com o pingo de diamante. Dormia numa cama com dossel e tinha um telefone cor-de-rosa na mesinha-de-cabeceira. Tinha vários suéteres de *cashemere* e um casaco júnior, uma jaqueta de pele de coelhinhos mortos, com algo dentro parecendo um sutiã para treinamento, uma preparação para o casaco de *mink* da mulher adulta.

Se tudo tivesse corrido de acordo com os planos dos meus pais para mim, em vez de um pequeno e mal-assombrado apartamento em Morton Street, as censuras ancestrais, eu estaria vivendo numa nova e grande casa em Connecticut, a passagem para New England. Meu marido teria a beleza burra de um boneco Ken e teríamos um cachorro grande, um *setter* ou um cão caçador. Porque nós não caçávamos — nem mesmo o judeu mais assimilado lida com armas —, o cachorro poderia apontar em direção a Greenwich. De alguma forma, genes recessivos ou dominantes não importavam, e eu teria tido olhos azuis, filhos de cabelos louros, e os meus netos acabariam como Henry, alimentando uma fé descrente entre as relíquias de dias melhores.

Henry afasta de mim o que sobrou do pimentão e me enxota da cozinha.

— Você é inútil — diz ele. — Uma princesa. Inútil.

Henry pode ter seus talheres de prata de lei de Reed e Barton, mas eu tenho um vigor híbrido. Enquanto ele trabalha no fogão quente, eu estou na sala de estar com meus pés em cima da mesa de café. Estou bebendo, num cálice de cristal, um vinho branco gelado. Como a princesa que fui criada para ser.

    Eles me educaram para ser uma princesa judia, mas meus pais queriam que eu fosse uma episcopal. Agora Henry, um episcopal, quer que eu seja uma princesa judia, e não posso esquecer o que Max queria que eu fosse.

7

neogongorismo: O ultraísmo hispânico levou os escritores jovens da Espanha e da América espanhola a um novo gongorismo, no qual estava intrínseca a tentativa de criar fortes metáforas. García Lorca, citando Góngora, afirmou que a única coisa que poderia dar a imortalidade a um poema era uma "cadeia de imagens".

Tal princesa nunca esteve em evidência durante o meu casamento com Max. Principalmente na última parte, quando o meu cabelo estava crescendo desordenadamente. Topetes surgiam a esmo. Minha clavícula projetava-se em ângulos agudos e meus joelhos eram dois calombos protuberantes. Círculos escuros davam aos meus olhos um olhar desesperado e faminto e a minha higiene pessoal era deficiente.

Levantando-me do sofá, porque havia alguém batendo à porta, vesti uma das camisetas de Max, que ia até a metade das coxas e ficava larga no pescoço. Olhei pelo olho mágico.

Apesar do seu rosto estar distorcido pelo vidro convexo, ainda assim reconheci Carmen imediatamente. Com as duas mãos, as palmas para cima, ela equilibrava uma grande sacola marrom manchada de graxa.

— Bananas fritas — disse ela. — Doces, arroz, feijão e galinha. Você precisa comer. Olhe para você. E tem de fazer alguma coisa com o seu cabelo.

Carmen serviu a comida nos pratos, e eu perguntei:

— Onde você arranjou isso? — Como se o arroz, o feijão e as bananas fritas fossem miraculosos. Como se um peixe tivesse se multiplicado numa grande quantidade de peixes.

— Naquele lugar dos dominicanos que vendem quentinhas, no quarteirão de baixo — disse-me Carmen. — Você sabe, aquele lugar de aparência festiva com todas aquelas bandeiras na frente.

Sacudi a cabeça. Não conhecia o lugar a que ela se referia. Além do mais, não acreditava na sua existência, porque não era possível haver nenhum lugar festivo em Washington Heights. Apesar das largas avenidas margeadas de árvores, dos canteiros e prédios *art déco* bem conservados. O desânimo permeava as ruas. A aparência era sempre sombria. Todo mundo era triste.

Carmen afastou uma cadeira da mesa para eu sentar:

— Sente-se — insistiu.

Usando os dedos como um par de varetas, levei uma banana doce à boca. Estava gostoso e eu gemi de prazer.

— Deixe-me fazer uma pergunta. — Carmen engoliu um garfo cheio de arroz e feijão. — Você já notou que essa vizinhança é na maioria de dominicanos. Dominicanos. Nem alemão, nem judeu. Os alemães e os judeus estão desaparecendo daqui, Lila. O dominicanos vieram para cá.

Sacudi a cabeça. Carmen devia estar enganada. Nunca vi um dominicano por aqui. Tudo o que via era a mesma história.

— O que está acontecendo com você? — perguntou Carmen.

— A sua volta, Lila, as ruas estão cheias de *bodegas* vendendo mangas e goiabas, mas você só vê aquela padaria com uma rosca na vitrine. Ouça os sons das ruas. É a salsa, querida. E o merengue, então, como você pode ouvir os acordes de Wagner? Além disso, não fique ofendida, mas você parece um morto-vivo.

Com as costas da mão limpei uma lágrima e me levantei.

— Venha comigo — disse eu para Carmen. — Quero mostrar-lhe uma coisa.

Na sala de estar, onde minha escrivaninha ficava de frente para a janela, disse para Carmen olhar.

— Olhe — disse eu — e diga-me o que você vê.

A janela da sala de estar dava para o pátio, e como o edifício era em forma de U, diretamente em frente ficava a janela da cozinha do Sr. Greenberg.

— Eu vejo um cara velho usando uma surrada camisa de manga curta mexendo algo numa vasilha — disse Carmen. — O que tem isso?

O que tem isso? Durante todos os dias e noites também, o Sr. Greenberg estava lá. Em frente ao fogão e mexendo a sopa numa vasilha, enquanto eu tentava, sentada na minha escrivaninha, dar forma ao meu livro de poesia. Como eu podia mergulhar na poesia com aquilo na minha frente?

— Aquele é o Sr. Greenberg — disse eu para Carmen. — Ele foi uma vítima do campo de concentração. Vê o número tatuado no braço dele?

Carmen inclinou-se e semicerrou os olhos.

— Não. Eu não vejo os números tatuados no braço dele. E nem você vê. A não ser que tenha olhos de águia. E você não tem. Você é quase cega, Lila. Não poderia ver os números mesmo se estivessem no seu próprio braço. Está inventando sobre os números. Não sabe se ele foi uma vítima dos campos. Está apenas imaginando que ele foi.

Talvez eu não tivesse certeza sobre os sofrimentos do Sr. Greenberg, talvez eu nem mesmo soubesse, com segurança, que o nome dele era Sr. Greenberg, mas isso são detalhes. O prédio em que eu vivia com Max e a Sra. Litvak, oficialmente de Bergen-Belsen, tinha que estar fervilhando com vidas horríveis.

Carmen me aconselhou a descer a rua 181 para leste da Broadway. Lá, no leste da Broadway, não veria ninguém que não fosse dominicano, e, se eu mudasse minha escrivaninha para a frente de outra janela, poderia ter uma vista diferente do mundo.

— Ou, quem sabe — disse ela —, você poderia ir embora daqui. Deixando Max.

Para Carmen, deixar um marido era uma coisa sem maior importância. Para mim, ao contrário, era muito difícil enfrentar essa situação.

— Deixar Max? — Sacudi a cabeça, como se aquilo fosse uma opinião muito ridícula para ser levada em conta. Só que eu já havia considerado isso, e chegara à conclusão de que não era possível. Eu não poderia abandonar Max, da mesma forma como não poderia abandonar meu braço ou o meu pâncreas ou este mundo. Uma válvula de escape? Como isso poderia ser feito?

— Como poderia abandonar Max?

As coisas talvez tivessem sido diferentes se tivéssemos morado em qualquer outra parte da cidade, se tivéssemos começado num apartamento novo, que fosse num território neutro, numa parte agradável da cidade, em vez de ser no apartamento dele em Washington Heights. Ou, melhor ainda, se tivéssemos resistido inflexivelmente ao apelo de dormir juntos para sempre na mesma cama, se tivéssemos mantido nosso caso livre e solto. Se ao menos isso tivesse sido possível.

No início do nosso caso sentimos que as noites que passávamos separados nos causavam muito sofrimento. Dores que a aspirina não conseguia aliviar, e insônias que resultavam em telefonemas depois da meia-noite. Telefonemas para sussurrar, para dizer sinto sua falta, quero você, preciso de você. Ligações que invariavelmente acabavam em ligações que acabavam em sexo por telefone, que não era nem de longe tão bom quanto a coisa real. O desejo nos levou a passar nossas noites juntos. O desejo nos levou ao casamento.

O meu apartamento deixava Max nervoso, porque era muito pequeno. Era o que os corretores chamavam de encantador, construído numa época em que as pessoas eram pequenas, e está atravancado com as coisas que fui acumulando. Não é o tipo de coisas que Henry tem. Fora o macaco de brinquedo e meus fantasmas, não tenho nenhuma herança de família, mas os livros escaparam das estantes e estão empilhados no chão. Pedaços de papel, anotações que fiz para não esquecer, estão presos nas paredes e também no assoalho, e porque ninguém escapa ao seu passado inteiramente, tenho roupas, sapatos e acessórios condizentes com minhas origens. Uma fartura de enfeites sem espaço adequado. Echarpes jogadas nas costas das cadeiras e bolsas penduradas no guidom da bicicleta ergométrica. Vivo numa anarquia. Um estado de desmazelo, e na noite que passou no meu apartamento, Max sentiu falta de ar, alegando que era devido a falta de espaço aéreo. Ele teve de respirar dentro de um saco de papel.

A falta de espaço aéreo, esta foi a explicação de Max. Acho que a sua dificuldade em respirar foi resultado da intromissão dos fantasmas. Minhas tias fantasmas não gostam, geralmente, de companhias, e a de Max, então, nunca. Legalistas fiéis, Dora e Estella nunca perdoaram os alemães por aquele incidente com Franco. Para não falar dos fascistas, quaisquer que fossem, e embora já estivessem mortas na Segunda Guerra Mundial, isto não as impediu de ter uma forte reação visceral aos eventos que ali se sucederam.

Quando foi capaz de respirar sozinho, Max disse para mim:

— Bagunça. Isto aqui está uma bagunça. — Ele estremeceu, o que era um sinal claro de que as minhas tias estavam por perto, e continuou relacionando os pertences de seu lar de infância. — Nós tínhamos umas mobílias grandes e pesadas.

— Mobília — corrigi. — É um coletivo singular.

— Mobília. Sim. Mesas e cadeiras entalhadas com arabescos e cabeças de gárgulas. Todas as janelas tinham cortinas de veludo para evitar a luz do sol, e vasos, travessas e estatuetas, por onde quer que olhasse.

— Dresden? — perguntei, e Max deu um pulo.

— Dresden? — disse ele. — O que é que tem Dresden?

— Os vasos e as estatuetas — perguntei —, eles eram de porcelana de Dresden? Feitos em Dresden antes da guerra?

— Não sei nada sobre isso — disse Max — e não me importo. Tudo que sei é que eram horrorosos. Alemães e feios.

Teria sido masoquismo continuar num apartamento infernal em Nova York, quando o apartamento em que Max morava era bastante espaçoso para uma família de sete pessoas. Com um corredor do tamanho de uma pista de boliche que levava aos quartos quase palacianos com pé-direito altíssimo. Cômodos inúteis pintados de branco fosco e mobiliados apenas com o necessário. Uma cama, uma escrivaninha, um sofá, uma mesa com quatro cadeiras, uma estante. Tudo isso era de madeira clara, linhas retas e modernas. Max não suportava mobília que tivesse muitas cores, curvas ou estofado, e sobre bugigangas consideradas pequenos tesouros, nem falar. Max se iludia ao pensar que a sua mobília simples e lisa e suas paredes nuas eram uma forma de rejeição à sua herança. Como se Bauhaus fosse algo dos tempos egípcios. Ainda assim, Max se prendia à crença de que, vivendo afastado do solo alemão e das poltronas estofadas, ele tinha se libertado de tudo isso. O pedantismo, a arrogância, o orgulhoso pescoço esticado, a necessidade de ordem, a culpa.

O que era um absurdo. Não importa que ele tivesse deixado a Alemanha. Veja onde foi morar. Washington Heights, onde as pessoas mais velhas falavam sua língua e as padarias exibiam pão-de-ló, *strudel* e pão preto. O fato é que, não importa quantos oceanos você atravesse, não há como escapar de onde você veio. Está ali, com você, sempre. Como uma aura ou um sonho ruim ou como uma refeição mal digerida, traz de volta gostos remanescentes e vapores desagradáveis.

O passado não segue uma direção linear. Não é nada como norte e sul ou longitude e latitude até o infinito. Não pode ser seguido diretamente do ponto A ao ponto B. Não compartilha características com as linhas com as quais Max trabalhava, e não pode ser medido por quilômetros ou milhas. O passado é, antes, uma série de círculos espiralados. Uma mola em espiral do princípio ao fim, que, com freqüência, belisca você no traseiro, o que era algo que Max não compreendia.

Eu não queria me desfazer do meu apartamento em Morton Street, porque ele é como o meu DNA ou como o formato da minha boca. É a linhagem da família. É minha, como meu nariz é meu, mas primeiro era o nariz do meu pai e o nariz do pai dele. O apartamento em Morton Street é, da mesma forma, meu também. Uma espécie de herança. Quantas pessoas assinam um contrato de aluguel e descobrem mais tarde que este era o mesmíssimo apartamento em Morton Street onde suas duas tias-avós viveram certa época? Onde elas pintavam, tocavam piano e bebiam gim contrabandeado e onde Dora bordava os lenços de seda com linha roxa. Onde, numa noite de inverno, elas escarraram sangue naqueles mesmos lenços.

Max ficou zangado com a minha recusa de deixar o meu apartamento:

— Se você mora comigo — disse ele —, por que precisa ter um apartamento seu?

Eu devia ter sabido. De alguma forma, durante todo o tempo eu devia ter sabido que não iria continuar casada com Max eternamente. Que as restrições da nossa vida comum iriam me sufocar. Que um amor igual ao nosso, pela própria natureza, é muito efêmero. Que, quando você se entrega inteiramente, você está dando a si mesmo uma razão de viver, mas, claro, tecnicamente, Max estava certo. Se eu morasse com ele, não havia razão para manter o apartamento, mas eu não cedi. Não abriria mão dele.

— Antes de mais nada — disse eu — é que estamos falando de um apartamento com um aluguel fixo, no Village. Ninguém abre mão de um apartamento com um aluguel fixo, no Village. Estou sentada numa mina de ouro aqui.

— Então, você subloca o apartamento — concluiu ele. O que era uma solução sensata.

— Não — respondi. — Isto não é possível. Dora e Estella não aceitariam estranhos.

— Fantasmas — bufou Max. — Lila, você é inteligente demais para esta tolice de fantasmas.

Talvez eu seja muito inteligente para essa tolice de fantasmas, mas o que sei é que Dora e Estella moram comigo, tanto quanto sei que Deus está ali. A fé e as carências não têm relação com a inteligência. Para não falar que arranjei um novo conjunto de fantasmas para conviver. Os fantasmas de Washington Heights não são, nem de longe, tão simpáticos quanto Dora e Estella, e eu nunca falei a Max sobre as minhas coisas — minha mobília, meus pratos, meus tesouros, a maioria dos meus livros e as minhas roupas — não estavam no "pacote" que combinamos. Deixei tudo como estava e, durante o tempo em que estivemos casados, não subloquei o apartamento de Morton Street. Ao contrário, durante todos os meses que morei com Max, paguei o aluguel de um apartamento vazio, a não ser que você considere Dora e Estella como inquilinas, até eu deixar Max. Então, voltei para o lar, como se tivesse estado fora apenas uma semana ou duas em vez de todo o tempo que durou o casamento. Como se eu tivesse ido para uma dessas colônias de férias que parecem idílicas — Antigua ou Aruba — apenas para descobrir que eu estive lá na estação dos furacões.

Deixar Max, fiquei imaginando. Olhei para Carmen curiosa e com esperança. Seria possível? Poderia me afastar simplesmente de algo tão forte e dominador? Como é que alguém vai embora, quando os joelhos estão sempre fracos, e eu sobreviveria? Se eu ficasse onde estava, se ficasse com Max, certamente deixaria de existir. Mas se o deixasse, talvez não me recuperasse do trauma. Era como se eu e Max fôssemos gêmeos siameses, os dois lados de uma moeda, sendo ele a coroa. A força dominante, controladora, mas eu precisava do seu coração para bombear o sangue nas minhas veias.

Imaginei-me me afastando rapidamente daqui. Imaginei que seria inverno, e eu seria baleada nas costas e meu sangue congelaria na neve.

— Do modo como vocês estão — disse Carmen —, é apenas uma questão de tempo até eu a encontrar, nua, acorrentada no radiador, lambendo geléia de um pote quebrado no chão.

Abaixei a cabeça com vergonha, sabendo o quanto estava perto daquilo acontecer, e mais do que tudo, que eu mesma tinha me algemado, e Carmen disse:

— Você não está se transformando num Clarence, está?

Clarence fora o primeiro marido de Carmen e era praticamente um presente de Deus. De dia ele vendia apólices de risco, juntando muitos dólares. À noite, gostava de esfregar o banheiro e o chão com escovas de dentes em troca de xingamentos e fustigadas. Embora um apartamento brilhando fosse um toque agradável para uma vida confortável, Carmen era preguiçosa quanto a dar a Clarence o que ele precisava. Sem vontade de deixar de lado o livro que estava lendo e levantar-se do sofá para castigá-lo, Carmen dizia: "Tá, tá, tá. Considere-se espancado." O que Carmen esqueceu era que havia muitas outras mulheres, fora dali, que estavam ansiosas por vestir saias justas e saltos tipo espigão em troca de um fogão que brilhava e de uma banheira que reluzia. Mulheres que sabiam melhor como fazer Clarence feliz, e realmente, uma delas, apresentando-se como a Amante Vivian, recolheu Clarence e seus pertences. Ante dele sair, Carmen perguntou-lhe: "Clarence, há uma coisa que preciso saber antes de você me deixar. O que é que você usa nas juntas dos azulejos para deixá-los tão limpos?"

Sorri para minha amiga e disse:

— Não, não vou me transformar num Clarence. Não ficarei de joelhos para limpar o interior da privada com a minha língua.

— A tarefa desempenhada é irrelevante, Lila. Um escravo é um escravo é um escravo.— O profeta falou a verdade, mas como sempre acontece, ninguém lhe dá muito ouvido. — Venha. — Carmen me segurou pelo braço. — Volte para a mesa e coma. A comida está esfriando. Coma um pouco de frango — disse ela.

— Está temperado.

8
....

katauta: Uma forma poética japonesa de pergunta e resposta sem rima consistindo em três partes compostas em linhas de 5-7-7 sílabas. A pergunta é baseada na *expressão vocal*: uma palavra ou frase espontânea, emotiva. A resposta, entretanto, não é lógica; é intuitiva.

— O QUE SE FAZ COM ISSO?
Estendi a sacola para Leon. Está cheia de pó e amarrada com uma fita azul, e Leon pergunta:
— O que é isso?
— É uma sacola cheia de pó. O pó de Henry. Detrás do sofá dele — eu digo, e Leon me devolve, com cuidado, para o pó de Henry não se espalhar sobre a sua roupa de linho azul-marinho. Além do relógio, um Piaget feminino, Leon está sem nenhuma jóia. O batom é rosa-claro, da mesma cor que tem nas unhas das mãos e dos pés. Está usando sandálias de tiras brancas que revelam a verdade. Nenhuma mulher tem pés como aqueles. Tamanho quarenta e quatro e ossudos, e o chumaço de pêlos no dedão me faz sentir pena dele. Sugiro uma cera ou um creme depilatório.

Foi num ousado arroubo de sentimentalismo que Henry me presenteou com um monte de pó coletado atrás do seu sofá. Ele colocou o pó numa sacola e amarrou-a com uma fita azul, formando um laço.

— Ele gosta de você — diz Leon, tentando conter o riso.

— Oh, eu entendo — digo. — É a mesma coisa que no terceiro ano um garoto gostar de você, e por isso ele puxa seu cabelo e faz você chorar. Suponho que seja uma maneira de mostrar afeição, mas o que há de errado com uma caixa de chocolate ou uma bijuteria de ouro 14 quilates?

Leon sacode a cabeça.

— Lila, estou surpreso com você. — O cabelo dele balança como eu gostaria que o meu balançasse, mas tenho de ficar vinte minutos no secador para conseguir isso. — Uma poetisa da sua estatura, e você não vê nada no presente da poeira?

— O quê? Que ele está me dando pedacinhos microscópicos dele mesmo? Células que caem e que se vão, carregadas por ácaros de pó? Está certo, ok — admiti —, de certa forma é romântico. Eu lhe disse que ele era simpático.

— Você não vê nenhum outro simbolismo? — instigou Leon e eu disse:

— O que é isso agora? Literatura? Certo, cinzas às cinzas, pó ao pó, o que é um sutiã sem um seio, e toda essa eterna podridão — e não posso evitar de olhar para o busto de Leon, que presumo seja todo de enchimento. — Desculpe — digo. — Não me referi a você. É apenas uma rima da infância que me veio à mente.

— Não estou ofendido — diz Leon —, mas vamos voltar ao que você se referiu tão eloqüentemente quanto a eterna podridão. Eternidade. Será possível que Henry esteja tentando lhe dar uma idéia da promessa de algo eterno com esse pó?

Algo eterno. Da maneira como Dora e Estella têm uma espécie de vida eterna, e será que algum jovem as presenteou com uma sacola de pó? Pó coletado detrás do sofá é um pó encantado? Será que foi assim que os meus fantasmas, tendo morrido em 1938, com a diferença de dias uma da outra, simplesmente voltaram para o apartamento delas para reassumir a vida que tinham antes de terem os pulmões atingidos?

Gostaria de pensar que foi assim, que o pó de Henry me trará uma espécie de imortalidade, mas, apesar de viver todos esses anos com um par de fantasmas, não acredito nesse tipo de coisa. Com Dora e Estella, como óbvias exceções e, de certa forma, como Max também, ficamos velhos, morremos e tudo acaba.

— Gostaria de ser imortal? — pergunta Leon. Como se houvesse uma possibilidade.

— Claro! — digo. — Contanto que não envelheça muito, está certo. Se eu pudesse não ter aniversário, eu aceitava o negócio — que sei perfeitamente bem que é um negócio com o diabo, mas não seria o primeiro.

Minha vizinha do andar de baixo em Morton Street é tão velha quanto a civilização. Dora e Estella lembram quando ela se mudou. Uma jovenzinha bonita com uma pele feito morango e creme, mas agora a pele de Anna Mason é de um rosa translúcido e brilhante e, à luz clara, pode-se ver seu interior funcionando. Ela usa uma capa preta presa por um camafeu e mesmo debaixo de chuva torrencial ela vai e volta do supermercado de bicicleta. Seu cabelo grisalho, comprido até as costas, esvoaça atrás dela quando ela vai contra o vento. Anna nunca diz uma palavra gentil para ninguém, ela é meio maluca. Cheguei, certa vez, a considerá-la meu modelo, o tipo da mulher velha que eu gostaria de ser, mas depois mudei de idéia. Não quero ser mulher velha, seja de que tipo for.

Leon está achando tudo isso muito significativo e está, praticamente, pulando da cadeira. Ele quer que eu entrelace os fios da doença e morte da minha mãe, meus aniversários fracassados e as minhas dificuldades com o amor. Sem falar do desânimo com o meu livro, o que faz parecer que vou levar uma eternidade para terminá-lo. Como se nenhuma dessas linhas fossem paralelas, mas, ao contrário, temas intersecionais. Temas os quais Leon volta a falar, mais e mais vezes, sem dar uma folga.

— O que você vê, Lila? Você sente que não quer ficar velha ou ficar doente? Você chora nos seus aniversários, um dia que representa tanto seu nascimento, um bebê nos braços da mãe, tanto quanto a sua mortalidade. Você não trabalha no seu livro, como se quisesse ficar no mesmo lugar. Você entende, Lila?

Olho para o relógio na estante.

— Vejo que a nossa hora terminou por hoje, mas não se aborreça — implico com Leon —, temos a eternidade para trabalhar com isso.

9

cynghanedd draw: (origem celta). Uma correspondência exata entre as consoantes na primeira metade do verso e aquelas da segunda. Toda consoante na primeira tem seu eco consonantal, exceto que há uma ilha no centro do verso, em que as consoantes estão isoladas e não têm eco em qualquer outra parte.

Somente após chegar lá foi que me lembrei da norma de nunca se ir a um jantar com as mãos vazias e, embora a ala de câncer do hospital não fosse exatamente uma sala de jantar, sabia perfeitamente que a regra se aplicava. Sem falar que era minha mãe que estava no hospital. É o costume grego de levar uma oferenda para a deusa.

Voltando ao elevador e descendo para o saguão, perguntei onde era a loja de presentes, que ficava no *hall*, à minha esquerda.

Passei pelas fileiras de vasos verdes com flores. Os ramalhetes de cravos enfeitados com florzinhas brancas e embrulhados em papel celofane. É cruel, pensei, levar flores para pessoas que estão morrendo. É como se você estivesse apressando o funeral. Sem falar em esfregar no nariz deles a fragilidade da vida. Uma lembrança brutal de como uma coisa suave e fresca torna-se marrom nas bordas, o perfume se transforma em mau cheiro, tudo numa questão de dias. Os moribundos não precisam ter isso num vaso na mesa-de-cabeceira.

Era curioso como muitas das quinquilharias vendidas na loja do hospital tinham a ver com golfe e boliche. Uma estatueta de cerâmica era uma caricatura de um homem de bermudas sentado em cima do pauzinho onde se coloca a bola no golfe. Uma sacolinha de golfe com os tacos de plástico, próprios para misturar coquetéis. Uma caneta e um lápis fixados no que era uma miniatura de pista de boliche com pequenos pinos de madeira e as bolas de mármore. Com certeza são presentes muito populares para os homens operados de hérnia.

Numa prateleira ao lado de compridos charutos de chocolates — faixas cor-de-rosa anunciando "É uma Menina!" e em azul "É um Menino!" — canecas de café com caricaturas de enfermeiras curvilíneas empunhando agulhas hipodérmicas extragrandes apontadas para nádegas nuas.

Um tal conjunto de porcarias que você nunca viu em sua vida. Nenhum deles refletia o gosto de Bella. Eu estava moralmente obrigada a comprar, e esquecer a idéia de que é a coisa que conta. Esse era o tipo de argumento que minha mãe gostava de cuspir com o canto da boca. É a intenção que conta, então com o outro lado da boca ela reclamava de ter recebido um prato para doces com o formato de um cisne e que tipo de pessoa teria comprado tal coisa para ela. "Como a sua tia Mitzie. Ela não pensa antes de comprar um presente. Lembra-se, Lila, daquela chaleira espacial para chá? Toda a minha casa está cheia de antigüidades americanas e aquela idiota comprou para mim uma chaleira de aço inoxidável, com um cabo saliente. Você sabe que ela pegou a primeira chaleira na prateleira. Eu pergunto, Lila, quanto tempo ela levaria para achar uma chaleira de cobre que combinasse com a minha cozinha?"

Com grande alívio divisei na prateleira de cima um urso de pelúcia. Um urso marrom cor de chocolate vestido com uma roupa de algodão estampado. Uma ursa. Tinha um colar de pérolas falsas ao redor do pescoço e um arco rosa na cabeça, estilo Minnie Mouse.

É razoável pensar que é uma asneira dar de presente um urso de pelúcia para uma mulher madura, mas minha mãe não só era capaz de mostrar afeição por objetos inanimados, como era inclinada a isso. Especialmente se fossem objetos inanimados bonitinhos, que ela pudesse vestir com roupas e enfeitar com adereços.

Segurando o urso por uma pata, de forma que ele ia balançando ao meu lado, para talvez parecer que não estávamos realmente juntos, peguei o elevador quando a porta já ia se fechar. Quase não havia lugar para mim e o urso, pois o elevador estava cheio até seu limite com médicos, enfermeiras e um bando de voluntárias. Adolescentes de caras cheias de espinhas, com uniformes de riscas vermelhas e brancas que estavam ali porque não tinham mais nada a fazer, a caminho da vida social, do que se oferecer para serviços voluntários que ninguém queria. Tais como distribuir sebentos números de revistas mensais e ler em voz alta para pessoas que apenas queriam ser deixadas sozinhas para que pudessem morrer em paz.

Apertei o 5 no painel dos botões do elevador e, como se sentissem envergonhados, os médicos e enfermeiras desviaram os olhos. Eles conheciam o quinto andar e sabiam que não havia ali mais nada a ser feito.

Depois de uma volta errada que me levou ao poço da escada, encontrei o quarto 527. A porta estava aberta e o aparato de arranjo de flores, cestas de frutas, plantas e balões reunidos em pencas exibia-se em frente. Como um tributo à minha mãe. Você pensaria, vendo todos aqueles presentes, que era o Papa cujo câncer uterino tinha se espalhado. Bella tinha aquele tipo de popularidade que fazia as pessoas se sentirem compelidas a ajoelhar à sua frente, mesmo que não gostassem muito dela.

Exceto para mim. Por mais que tentasse, e eu tentei — observada pelo urso de pelúcia —, não fui capaz de me ajoelhar até o chão. A certa altura, entre a concepção do gesto e a complementação, minhas articulações se fechavam numa espécie de paralisia artrítica. Mesmo quando sabia que me faria ganhar pontos com ela, eu não podia me ajoelhar. Como quando publiquei meu primeiro livro de poemas. Bella só leu até a página da dedicatória.

— Carmen? — exclamou. — Você dedicou seu livro a Carmen? Eu sou sua mãe.

— Sim — disse eu —, mas Carmen acreditou em mim. Ela teve fé em mim, e você não. — Sem falar que Carmen me ama, e isso, na verdade, não podia ser dito sobre minha mãe.

— É que eu nunca pensei que você faria sucesso — disse minha mãe. — Uma poeta não é exatamente uma coisa realista de se ser. — A sua falta de fé em mim não era, no seu modo de pensar, uma desculpa justificável para a minha birra. Bella e eu ficamos num impasse. Ela nunca me perdoou. E eu, certamente, ainda não comecei a perdoá-la.

Depois do fim do meu casamento com Max, avisei aos meus pais que poderia ser encontrada, outra vez, no apartamento da Morton Street. Minha mãe não fez nenhuma tentativa para esconder seu desapontamento. Em mim. "É porque você é egoísta. Não assume um compromisso. Você não sabe se doar", disse ela, o que, quando olho o que aconteceu durante o tempo em que estive casada com Max, era um julgamento tão errado que eu não conseguia nem mesmo retrucar.

Da soleira do quarto 527, olhei para dentro. Meu pai estava sentado na beira da cama, abraçando sua mulher. Ele estava beijando-a. Não beijinhos suaves e doces. Eram beijos tórridos. Beijos passionais. Meus pais estavam fazendo uma cena de amor. "Meu amor querido", dizia meu pai. "Meu amor. Eu te amo. Eu te amo mais do que a própria vida." Nenhum deles reparou que eu estava lá.

Eu era um *voyeur* de mãos dadas com um urso de pelúcia. Fiquei onde estava olhando para o que nada tinha a ver comigo. Era uma testemunha do amor deles, tive de conter a vontade de gritar. Era assustador, como o amor que sentiam um pelo outro me cortava por dentro. Blasfemei contra eles. Eu disse fodam-se vocês dois por se amarem tanto que não sobrou uma gota de amor para mim. Eu disse fodam-se, é sua culpa. Vocês fizeram isso para que eu não tivesse ninguém no meu leito de morte. Ninguém para beijar meus lábios secos e rachados, da mesma forma como quando eles eram cheios, suculentos e vermelhos.

Não era possível para mim olhar essa demonstração de amor por mais um minuto sem explodir em angústia. Sem queimar na dor que me consumia lentamente. Sem atirar neles o urso de pelúcia. Senti pena de ter deixado para trás a puberdade, e não poder mais ter um acesso de raiva sem me revelar completamente patética.

Inclinei-me e encostei o urso no umbral da porta, como se algum anjo o tivesse deixado ali para minha mãe e fui para a sala de espera.

Numa cadeira amarela, sentei e chorei pela última vez. Chorei, não pela minha mãe que estava morrendo, mas por mim. Chorei pelo que não tinha tido e nunca teria. No quinto andar era comum chorar na sala de espera. Todo mundo fazia isso, e presumia-se que eu chorava por motivos de amor e perdas. O que era verdade, embora não necessariamente nessa ordem.

10

epirrema: (do grego, "que é dito depois"). Composto, geralmente, em tetrâmetros trocaicos, é o discurso dirigido à audiência pelo líder de uma das metades do coro, depois que uma ode foi cantada por esta metade do coro; seu conteúdo é sátira, conselho ou admoestação.

O GUARDA-SOL DE RISCAS AZUIS E brancas bloqueia o sol. O guarda-sol é uma necessidade para mim, e concordei em almoçar no café da calçada com esta condição, que não ficaria exposta aos raios solares. Tenho muita preocupação com o sol, que causa sardas, rugas e melanoma. Preocupação que Carmen, envolta em suas próprias preocupações, não compartilha. Ela tem passado a maioria dos seus dias na praia, onde se tosta como se fosse um assado. Já está meio malpassada. Suplico a ela que use um filtro solar, mas Carmen insiste que a sua herança garante imunidade contra os efeitos prejudiciais do sol.

Não é só dos efeitos prejudiciais do sol que a herança de Carmen a protege. Como se ela tivesse sido criada por uma manada de elefantes, Carmen descende de um matriarcado. Mães, avós, tias, primas, sobrinhas juntam-se para fazer o *show*. Homens vêm e vão, assim como vieram e foram durante gerações, pouco percebidos e sem fanfarras. No microcosmo da sociedade que é a família de Carmen, os homens são criaturas sem valor e tristes, que às vezes obrigam a mulher a zelar por eles. Do mesmo modo que você tem de proteger as crianças, os imbecis e aguar suas plantas. No mundo de Carmen, o homem pode tripudiar, mas ele nunca pode subjugá-la.

Carmen quer falar comigo sobre a minha posteridade, como meus papéis e cartas precisam ser coletados e guardados para futuras referências, para estudantes formados escreverem suas teses. Pus o dedo sobre os lábios e inclinei a cabeça para a esquerda. Não quero falar de negócios porque estou tentando escutar a conversa na mesa próxima a nós. Juntas, então, Carmen e eu ficamos ouvindo duas garotas, que mal tinham passado dos vinte anos e, por isso mesmo, todas excitadas, exuberantes e ofegantes por nada. "Então, sem mais aquela ele sorriu para mim, e eu quase morri ali mesmo", a loura fadinha diz, e a outra gracinha, pergunta: "É? E o que vocês fizeram então? Quero dizer, depois que você morreu."

Voltei-me para Carmen e disse:

— Não me lembro como era ser jovem.

Ao que Carmen responde:

— Você não se lembra porque você nunca foi esse tipo de jovem.

O que Carmen quer dizer é que eu nunca fui cabeça oca, e antes de parar para pensar sobre o que é que estou dizendo, digo:

— Você está querendo dizer que nunca quase morri quando um rapaz bonito sorriu para mim?

Carmen tem a decência de guardar silêncio. Ela come um pedaço da sua omelete e não menciona Max e como eu fui, certa vez, reduzida a uma sombra da minha personalidade.

Quase morri quando Max sorriu para mim, embora tivesse sido, provavelmente, uma experiência diferente daquele tipo de quase-morrer que aquela menina teve. Encontrei Max porque estava perdida. Em mais de uma maneira. No caminho para cumprir a função de jurado, saí do metrô sem os meus apoios ou os óculos, que guardava na bolsa, exceto naqueles dias em que eles se extraviavam. Olhei para o sinal da rua, mas não conseguia enxergar além de um palmo do meu nariz.

A visão embaçada, naturalmente, serviu para acentuar os efeitos da hora do pique. Homens e mulheres de roupas cinza de trabalho pareciam um ajuntamento de nuvens escuras, quando convergiam. O tráfico congestionado embaralhava tudo, assim era impossível para mim determinar onde terminava o táxi amarelo e começava a faixa branca para pedestre. Do outro lado da rua, como um batalhão de piões girando, um grupo de crianças, vestidas com cores brilhantes, era vomitado de um ônibus escolar. Não conseguia ver o contorno de nada, a não ser dos prédios e de um homem completamente parado.

Seus pés estavam enraizados na calçada, como se ele fosse permanente, e segurava uma pequena prancheta pronta para ser usada. Era alto e muito magro, à maneira como eu gostava que os meus homem fossem. E mais, ele tinha um pescoço bonito. Um pescoço gostoso. Gosto de pescoços bonitos, de beijar as concavidades, de mamar o pomo-de-adão, correr minha língua em todo o comprimento. Devido aos meus gostos, os homens sem pescoço, os que têm a cabeça enterrada nos ombros como os homens da neve, me deixam fria.

Quando me aproximei desse homem com pescoço bonito, consegui ver seu rosto. Suas feições eram, decididamente, imperfeitas. Um nariz muito grande, e ele era ligeiramente estrábico. E olhos empapuçados, lindos. Ele tinha uma boca perfeita para beijar.

— Desculpe-me — disse eu, e esperei até que ele tirasse os olhos da prancheta. — Pode me dizer qual é o caminho para o Tribunal?

— Em qual Tribunal você *deseja* ir? — Sua dicção e sotaque eram estrangeiros, mas de nenhum lugar que eu pudesse localizar no mapa.

— Oh — disse para ele —, não *desejo* ir a nenhum deles, mas *tenho* de ir ao prédio da Suprema Corte. Pelo menos, acho que é a Suprema Corte. — Tirei a intimação amassada do meu bolso para me certificar. — Esta aqui. Suprema Corte.

— Sim — disse ele, como se tivesse chegado a uma conclusão prévia. — O caminho mais rápido para a Suprema Corte é você seguir um quarteirão para o norte da West Broadway, aproximadamente setenta e quatro metros de comprimento. Você irá encontrar a Reade Street.

— Eu devo? Irei? — Sorri à escolha das palavras feita por ele.

— Sim. — Outra vez ele concordou muito sério, embora não fosse esse o tom que a conversa pedia. — Na Reade Street, você deve andar para leste quatro quarteirões. Você atravessará a Church Street, Broadway, Elk Street e Centre Street, uma distância total de mais ou menos quatrocentos e noventa e sete ou noventa e oito metros. Naquele ponto, você encontrará o prédio da Suprema Corte a nordeste de sua posição, num ângulo de sessenta graus.

— Obrigada — disse eu, mas antes de ir a qualquer lugar eu tinha de saber: — Para que lado é o norte? — Ele riu e apontou, mas em vez de sair andando na direção da estrela polar à noite, fiquei ali onde estava e perguntei: — Como você sabe disso?

— Como sei em que direção fica o norte? — ele perguntou como se não acreditasse na pergunta.

— Não. Quero dizer, como definiu essas direções? A distância em metros, tão exata? A precisão e os detalhes são magníficos. Se você se interessa por esse tipo de coisa.

— Obrigado. — Abaixou a cabeça tão de leve e modestamente como se eu o tivesse aplaudido. — É meu trabalho saber essas coisas. Sou cartógrafo. Trabalho para a companhia Rand McNally, e acontece que estou atualmente preparando um mapa derivado da baixa Manhattan.

Um mapa derivado é aquele que é compilado a partir de dados já existentes. É então um processo seletivo, quais limites a ressaltar, qualquer mudança de nomes de ruas, ajustes em concessões e pedidos, a escolha de um esquema de cores. Vermelho para as avenidas, verde para os parques, amarelo para edifícios altos, ou, talvez, rosa para parques e verde-água para as avenidas. Este é o trabalho do cartógrafo.

Então ele sorriu, aquele cartógrafo. Não um sorriso caloroso, mas um sorriso maldoso. Como se ele tivesse tido um pensamento desagradável, mas divertido.

— E, também, sou alemão, o que pode ser a melhor explicação para indicações tão meticulosas. — Prendendo a prancheta debaixo do braço, ele estendeu a mão para mim. — Max Schirmer — apresentou-se.

Uma maneira de você firmar sua condição de judia é declará-la a um alemão. É um direito inato. Intocável. Uma das poucas coisas a que os judeus têm direito.

— Lila. — Agarrei a mão dele, mais comprida do que cortês. — Lila Moscowitz — disse eu.

Talvez fosse a novidade da informação sobre a nacionalidade dele. O inimigo do meu povo. Podia eu, a mesma Lila que rejeitou o nome Morse para reclamar sua herança judia, pensar um instante que fosse fazer isso com um alemão. Ou talvez fosse aquele sorriso dele, a maneira como seu lábio superior se curvava. O que quer que fosse. Um fluxo de seiva esvaía entre as minhas pernas. Quente, pegajoso e doce para comer e talvez fosse desejo, mas talvez fosse a vida me deixando.

As lembranças de Max me assaltam aonde quer que eu vá e no que quer que eu faça. Da mesma maneira que Dora e Estella se abancam no meu apartamento, recusando-se a abrir mão do que uma vez foi delas, Max está aqui, almoçando comigo e Carmen, tão certo como se ele tivesse puxado uma terceira cadeira para a mesa. Quem precisa do guarda-sol listrado para se proteger do sol quando carrego lembranças de Max tão grossas quanto o dossel da Floresta Negra e igualmente escuras?

Como se houvesse um rastro de migalhas de pão para marcar o caminho de volta da nossa mesa para a delas, retornei minha atenção para as duas meninas a tempo de ouvir a fadinha loura perguntar para a outra gracinha:

— E aí? Você vai ligar para ele ou não?

Inclinei minha cadeira de modo a ficar mais perto da mesa delas do que da minha:

— Não faça isso — digo, interrompendo a conversa. — Confie em mim. Não ligue para ele. Se você quase morreu porque ele sorriu para você, imagine o que acontecerá quando ele a beijar.

11

dissonância: A qualidade de ser ríspido ou desarmonioso no ritmo ou no som; aquilo que é discordante e desarmonioso com o que o rodeia. Por extensão, o termo pode se referir a elementos poéticos outros, que não o som, que são discordantes com o seu contexto imediato.

COMO NA REVOLUÇÃO FRANCESA, NA transubstanciação e no Fogo de Santo Antônio, em que o envenenamento pela cravagem resulta no escurecimento dos membros, que se soltam do corpo como tocos de carvão, no fim, tudo termina em pão.

Numa sexta-feira à tarde, perto do fim do inverno, não havia ainda sinais de que a primavera logo chegaria. As árvores estavam nuas e cinzentas e havia pedaços de gelo na calçada. Max havia me levado para passear. Na realidade, ele insistiu. Dar um passeio com ele e comprar pão.

— Iremos à padaria U-*daica* — jurou ele. — Não a outra. Um pão de centeio será bom para variar um pouco, não concorda? Sim, um pão de centeio com sementes.

Faltando apenas uma hora para o pôr-do-sol, a padaria do Grossberg estava cheia como sardinha em lata, com os velhos judeus enrolados em seus capotes e cachecóis e chapéus e galochas. Curvados, aos empurrões, segurando o seu número como se fosse mais do que um lugar na fila, um cartão de racionamento para obter o próprio pão, o que servia apenas para garantir um lugar na fila. Alguns deles pareciam desorientados, e era bem provável que já não houvesse mais pão de centeio para comprar.

Max me pegou pela mão para irmos observar os pães que restavam. Abrimos caminho por entre a fila de pessoas, até o balcão da padaria, onde os pães eram guardados como livros de biblioteca.

Max ficou na ponta dos pés para ver por cima das cabeças, algumas mais altas por causa dos chapéus de feltro, quando um homem bateu nas costas de Max. Seus olhos estavam cansados, úmidos e vermelhos devido à idade, e sua mão mostrava os sinais da artrite e do tempo.

— Rapaz — disse ele —, isto aqui é uma fila. Você deve pegar um número e esperar na fila.

Eu ia explicar ao homem que nós não estávamos jurando a fila, que queríamos apenas ver os pães que restavam, antes de pegar o número, quando Max respondeu bruscamente:

— Vá meter o nariz *do* seu negócio.

Como se eu tivesse acabado de descobrir que estava segurando um fígado cru, larguei a mão de meu marido. Me espremendo entre as pessoas que se comportavam como carneiros, abri caminho até sair da padaria.

Max estava atrás de mim e perguntou:

— Lila? Você está doente? Há algo de errado com você?

— Não há nada de errado comigo. Não — respondi. — Há algo de errado com você, Max. Como pôde ser tão grosseiro? Você não tem pena?

— Você não compreende — respondeu Max. — Não tem idéia do que foi viver na Alemanha. Você não sabe como foi horrível para mim.

— Como foi horrível para *você*? — disse eu.

— Sim. Foi horrível. Todas as regras que eles tinham. Siga as regras, e todo mundo me dizendo sempre o que fazer e como me comportar. Todo tempo eles metiam o nariz *do* seu negócio.

— É metendo o nariz *no* seu negócio — eu corrigi, e Max repetiu:

— Nariz *no* seu negócio. Ou seja lá o que for. Não permitirei que um velho Kraut me dê ordens. Saí da Alemanha porque o clima não permitia a liberdade individual. Fiquei farto de ter velhos Krauts me dizendo o que fazer, como e quando.

Muito lentamente, e acentuando minha desaprovação, perguntei:

— E por que você acha que o velho da padaria saiu da Alemanha?

— Não me importa se ele é um *U-deu* ou não — disse Max. — Um alemão é um alemão, independentemente de crenças religiosas.

— Oh, sim — disse eu. — Ele provavelmente pensou a mesma coisa, certa época. Só que ele estava enganado, não estava?

— Você não pode entender. Você tinha de ter experimentado isso diretamente. — Max falou com autoridade.

— Tudo que você tinha de fazer era explicar que nós apenas queríamos dar uma olhada nos pães. Não precisava ter falado daquela maneira. Ele sobreviveu aos nazistas fugindo para cá e, agora que está velho, é maltratado por um jovem rufião com sotaque alemão.

— Meu sotaque não é assim tão perceptível — disse Max, e acrescentou: — Não sou um rufião, Lila. — Ele não entregava os pontos facilmente.

— Não? Você certamente agiu como um rufião. Não lhe ocorreu que o estava forçando a reviver o pesadelo? Que este breve encontro com você o perseguirá por quem sabe quanto tempo? Ele terá pesadelos, com certeza. É um homem velho, Max. Você não podia deixá-lo viver o resto dos seus dias em paz?

Max pegou meu braço:

— Lila, você está fazendo uma tempestade num balde d'água.

— É *copo* d'água — gritei para ele. — Tempestade num copo d'água. Se você quer viver na América, então aprenda a droga da língua. — Afastei a mão que segurava o meu braço, mas, por algum motivo, continuei caminhando a seu lado pela avenida. Quando ele parou e entrou na Padaria Kristal para comprar pão preto, esperei do lado de fora.

Envergonhada com a minha falta de capacidade de reagir de acordo com a minha consciência, tentando me salvar primeiro, queria encontrar o velho e pedir desculpas. Dizer a ele que Max não tinha tido a intenção de ofendê-lo, que aquilo fora apenas uma daquelas coisas absurdas que Max, um parente consangüíneo de Albert Speer, faria para censurar um velho judeu por ser muito alemão em suas atitudes.

Voltei à padaria judia. Sem fôlego, empurrei a porta mas ela não se abriu. Encostei o nariz na vidraça, vi que a padaria estava vazia de pães e pessoas. Tinham todos sumido. Como poderia ser? Sumido, e eu era a única que tinha escapado da Padaria Grossberg. O que talvez não fosse uma padaria; talvez houvesse fornos nos fundos para outros propósitos.

Meus pés estavam frios e molhados pela umidade do ar, e o céu estava da cor de ardósia, como se fosse nevar outra vez. Não havia cores na paisagem. O mundo, este mundo, meu mundo, era como uma fotografia em branco e preto. Ou como um documentário do tempo em que não havia filme colorido.

Fui para casa e Max estava na cozinha.
— Onde você estava? — perguntou ele. — Aonde você foi? Quando saí com o pão, você tinha sumido.
— Não sumi — disse eu. — Ainda não. Eu devia ter sumido, mas apenas saí de lá.

Assim, eu experimentava uma espécie de culpa de sobrevivente, mas do que eu tinha sobrevivido? De uma viagem à padaria? Ou a um ano num casamento que estava me asfixiando? Algo como uma grande ração diária de veneno ou inalação racionada de fumaça de escapamentos. Talvez eu precisasse ser persuadida a sair dessa espécie de amor, da mesma maneira que podia ser persuadida a sair do parapeito de uma janela do oitavo andar. Fui para o quarto e tranquei a porta. Procurando nas Páginas Amarelas, achei o número que procurava.

Na quarta chamada, uma voz de homem, protetora e suave, cheia de interesse, recitou: "Você ligou para atendimento a suicidas. Não podemos atender agora, por favor, deixe seu nome e número do telefone e retornaremos sua ligação na ordem em que ela foi recebida. Realmente faremos isso, porque nos preocupamos muito com você." Fiquei pensando quantos eles perderiam daquela maneira. Então, apesar de mim mesma, ri, e com o riso veio a força do desejo de viver.

Uma raposa, presa numa armadilha, sabe que tem de fazer uma escolha. Ela pode esperar pela morte ou pode cortar com os dentes a sua própria perna, o que lhe dará uma chance de viver, mesmo que isso signifique seguir pela vida sem uma parte importante do corpo. Se eu ficasse com Max, pereceria. Eu já tinha me anulado e perdido minhas referências. Dando-me a ele tão completamente, não havia sobrado muito de mim. Tinha ficado oca por dentro, uma câmara acústica. O amor tinha de ser deixado de lado, se eu quisesse sair inteira.

12

asynartete: (do grego, "desconectado"). Um verso clássico composto de cola independente, solto ou de forma alguma conectado com qualquer outro metricamente.

Antes, quando havia ainda uma opção, eu tinha esperança que meu pai fosse embora antes de minha mãe. Que ele seria o primeiro a morrer. Não que eu esperasse que um deles se engasgasse com um osso de galinha ou rolasse da escada. Estou fazendo aqui considerações estritamente pragmáticas. Um do par tem de ser o primeiro a morrer. E depois do luto, quando a poeira assentasse, Bella enfrentaria a nova situação melhor do que meu pai.

Ela era, é verdade, completamente ignorante a respeito de finanças, sabendo usar o cartão de crédito para compras e serviços, mas um fracasso para pagar as contas. E, certamente, meus irmãos e suas esposas de cobiçosos olhos de rato se intrometeriam para roubá-la e trapacear para me tirar parte da herança. Contudo, Bella era quem tomava as providências quando chegava a hora de organizar um jantar, comprar entradas de teatros, escolher um filme para assistir. Era ela quem entretinha os convidados, programava festas e telefonava para as pessoas, quem comprava presentes, quem enviava cartões nos nascimentos, aniversários, Groundhog Day, Dia dos Namorados e Ano-Novo. Minha mãe gostava muito de feriados. Efervescente e substancial como uma bolha, Bella teria tido, sem meu pai, uma vida mais limitada, mas de qualidade.

Meu pai, agora viúvo, mora na Flórida, numa cidade de aposentados, e passa os dias em frente à televisão. Seu condomínio tem o clima controlado.

Uma terça-feira sim, outra não, ligo para meu pai e é sempre a mesma coisa. Eu digo:

— Oi, pai. É Lila. — Como ele não diz nada, eu acrescento: — Sua filha.

— Oh, Lila. Como vai você? — pergunta ele. Ele não fica nem feliz nem triste ao me escutar. Sou uma pessoa com quem ele se mostra gentil. Nem muito nem pouco. Sou sua filha, e isso é o bastante.

Outra coisa que eu costumava querer é que ele fosse carinhoso comigo. Que eu pudesse ser a princesinha do papai, mas desisti disso há muito tempo. Quase na mesma época em que despertei para a verdade sobre Papai Noel, o Coelhinho da Páscoa, o dente encantado, tolices da credulidade excessiva.

— Bem — digo. — Estou bem. E você?

— Estou ótimo. Está fazendo trinta e cinco graus lá fora, mas aqui dentro está agradável, com vinte e dois graus — diz ele. Como se fosse o noticiário. — Nós temos o clima controlado. — Meu pai, agora, fala como se fosse um velho, como se suas faculdades mentais estivessem entorpecidas, como se não tivesse idéia de como chegou até lá. Sente tanta falta de minha mãe que ficou perturbado. A perda o acabrunhou. Sem minha mãe para amar, meu pai, simplesmente, existe. Como uma forma de vida monocelular, ele come, respira e evacua, mas é só. Apesar de tudo, entretanto, ele é meu pai. Dói saber o quanto ele está solitário e dói mais saber que não posso fazer nada para minorar sua solidão.

— Você está comendo bem? — pergunto.

— Oh, sim. Eles têm ótimos restaurantes aqui. — Anos antes, ele teve vontade de se mudar para a Flórida, por causa do sol e da areia, do golfe e do tênis, mas minha mãe se recusara. "A Flórida", ela tinha dito, "é a ante-sala da morte. Todos na Flórida têm um pé na cova, e você espera sua vez de morrer." Parecia que Bella sabia o que estava dizendo.

Então eu digo para meu pai que estou feliz por ele estar comendo bem e pergunto se ele precisa de alguma coisa. Se há algo que possa fazer por ele.

— Não — responde. — Estou ótimo.

— Então, está bem — procuro um jeito de terminar a conversa. — Só queria saber como você está passando. — Consigo dele a promessa que ligará para mim se precisar de alguma coisa, embora saiba que jamais fará isso. Duvido que tenha meu telefone anotado e estou certa de que não o guarda de cor.

Quando soube que minha mãe estava morrendo, Leon me perguntou:

— Você acha que isso vai mudar o seu relacionamento com o seu pai? Você acha qué é possível que vocês fiquem mais chegados? Que falem um com o outro sobre outras coisas além de banalidades? Que poderão ter uma conversa mais pessoal?

— De jeito algum. — Balancei a cabeça, negando essa possibilidade. Nunca aconteceria e não sei dizer se queria que acontecesse. Acharia estranho, embaraçoso e pervertido. De repente, sem mais aquela, sem qualquer precedente histórico, ter uma conversa pessoal com meu pai seria o mesmo que nos beijarmos. Cheguei a acreditar que os pais e as filhas não deviam trocar intimidades. Nem saliva nem segredos. É mais seguro saber exatamente o que esperar e que a nossa conversa não levará a lugar algum.

Pronta para a inevitabilidade da conversa, esperei meu pai atender o telefone, o que, geralmente, ele faz entre a segunda e a terceira chamadas. Só que, dessa vez, o telefone toca, e imediatamente, em vez de meu pai na linha, é a secretária eletrônica que atende, o que por si só já é uma surpresa. Não sabia que meu pai tinha uma secretária eletrônica, ou que tivesse motivos para ter uma. "Alô. Não posso atender porque estou em Nova York para descerrar o véu de Bella. Estarei de volta na quinta-feira."

Uma fala apropriada — algo que todos os poetas fazem, só que chamamos a isto de *influência* — era um *dejá vu*, que se repetia várias vezes.

Quando eu estava no terceiro ano, na aula de ginástica, Marjorie Valentine deu um chute na bola de futebol com toda a sua força, que era considerável. Marjorie era grande e cor-de-rosa. A bola poderia ter atravessado o campo, se eu não estivesse no meio do caminho. Ela esbarrou em mim e me tirou o fôlego. Menciono isso agora porque a sensação é a mesma.

Estou em Nova York para descerrar o véu de Bella. Estarei de volta na quinta-feira. Eu deveria ter criado imunidade à dor que isso causa, do mesmo modo que a exposição a um vírus pode proteger você de contrair a doença.

Estavam sempre se esquecendo de mim, a minha família. Esquecendo que eu existia. Esquecendo que eu fazia parte, pelo menos oficialmente, do seu círculo, e facilmente prosseguiram sem mim.

Uma excursão típica da família Morse, a feira estadual. Algo que acontecia uma vez por ano e era sempre esperado com ani-

mação. Acordei de madrugada. Quando nos sentamos para o café da manhã, por razões que me escapam, eu estava "de mal" com todos os membros da minha família. Tudo que me lembro é de minha mãe balançando a cabeça, desaprovando o que eu sentia, que era uma agitação e uma efervescência dentro de mim como se eu fosse um caldeirão de feiticeira.
— Venha — ela chamava. — Lave o rosto. Vamos embora. Seus irmãos estão esperando no carro.
— Não vou — eu batia o pé, e Bella respondia:
— Faça o que quiser.
Da janela do meu quarto, eu vi minha mãe caminhar até o carro, com meu pai já na direção. Gary e Rob estavam refestelados no banco de trás, e eu esperava que minha mãe voltasse para me buscar, insistindo para que me juntasse a eles. Ao contrário, ela entrou no carro, ao lado do meu pai, e partiu para o passeio.
Oh, conhecia aquele jogo. Sabia exatamente o que eles iriam fazer. Estavam tentando me amedrontar, dariam a volta no quarteirão e parariam em frente à casa. Meu pai tocaria a buzina, e esperariam que eu descesse correndo a escada e pulasse para dentro do carro, entre meus irmãos. Bem, havia pouca chance de isso acontecer. Eu não cederia tão facilmente. Só iria com eles se me pedissem desculpas e se prostrassem a meus pés. Aquelas eram as minhas armas e estava disposta a usá-las, já que se tratava de um acerto de contas. Eles continuaram sem mim e voltaram à noitinha, cansados e felizes.
— Nunca me diverti tanto — disse minha mãe. — Que dia maravilhoso.
Apesar da dura lição, nunca aprendi que ninguém volta para te buscar. Quando você deixa que partam sem você, eles seguem em frente.

Estou em Nova York para descerrar o véu de Bella. Estarei de volta na quinta-feira. Quando eu era pequena, muito pequena, começando a andar, eles sempre me deixavam para trás nos lugares. Me levavam com eles, mas esqueciam de mim, na volta. No zoológico, no supermercado, nos parques de diversão e *shoppings*. Acontece que eu ficava à vontade no escritório do gerente, onde esperava até que meus pais fossem localizados. Algum homem bom, o gerente ou um guarda de segurança, me dava sorvete ou doce e, assim, a experiência de ser deixada para trás não era inteiramente desagradável.

Depois de uma semana em Cape Cod, minha família entrou no carro e meu pai dirigiu todo o caminho até Rhode Island sem reparar que estava faltando a filha.

Como estava acostumada a ser abandonada, fiquei perambulando pela praia até encontrar um menino da minha idade para brincar. Quando ficamos cansados de brincar nas ondas, persuadi o menino a brincar de médico, atrás das dunas. Meu nariz estava nas nádegas do menino, quando me acharam. Cheirar traseiros era o ponto baixo do exame de rotina, mas, ei, quem disse que a função do médico é só *glamour*?

Estou em Nova York para descerrar o véu de Bella. Estarei de volta na quinta-feira. É o tipo de mensagem que pede por encrenca. Você não diz a presuntivos ladrões que você está fora da cidade. Não se você tem um pouco de juízo. Com minha mãe morta, meu pai é um velho tolo, mas não posso perder tempo em me preocupar com isso, ou qualquer coisa semelhante, agora. Tenho um encontro com Henry.

13

metáfora depreciativa: Um tipo de metáfora que utiliza uma deliberada discrepância de conotação entre o sentido e o veículo. Sua qualidade particular está no uso que faz de um veículo pejorativo em referência a um teor de valor ou conveniência. A função reside no fato de que obriga o leitor a uma reação intelectual. É uma figura especialmente favorecida na poesia metafísica.

— Você chegou cedo — diz Henry, mas ele não liga para isso. Ao contrário, fica satisfeito. Ele gosta da minha companhia, mesmo fora da cama. Vá entender! Henry acha que eu sou engraçada como sou e que, por debaixo da aparência, sou quente e macia. "Como aqueles doces azedos que a minha mãe arrumava num prato e punha na mesa do café" — explica ele. "Aqueles que você tem de chupar até para chegar ao recheio meloso."

Conheço esses doces. O doce da velha. Ninguém queria chupar balas azedas. Muitas vezes, eram confeccionadas com pitadas de indiferença.

Henry pergunta se quero dar um passeio antes do jantar, e caminhamos em direção ao rio, para a antiga West Side Highway, agora fechada ao tráfego. Um passeio ali, e nesta hora do dia, é como um circo. Ciclistas guiando bicicletas sem guidom. Patinadores apertados nas botas dos patins passavam zunindo. Crianças de *skates* dando saltos e fazendo oitos. Namorados de todos os tipos, de braços dados, se agarrando, se esfregando contra a cerca de ferro.

Henry e eu fomos andando, e quando percebo um cachorrinho — um cãozinho vira-lata com orelhas de abano, patas grandes e tristes olhos castanhos — vou até ele, me afastando de Henry.

— Ela é tão bonitinha — eu disse para a dona da cachorra, uma mulher da minha idade com o cabelo à escovinha. Está usando uma calça *jeans* azul folgada e uma camiseta onde está escrito "Corrida para a Cura". Agacho perto do cãozinho, fazendo festa, o cãozinho fica excitado e lambe meu rosto. Já chega, então me volto para ver Henry, ali perto, sorrindo. Levanto-me e tento aparentar uma expressão séria, mas Henry diz:

— Você deve ter um cachorro.

— Não — respondo. — A gente tem de passear com ele. Na hora certa. E eles babam.

Virando à esquerda, Henry e eu vamos em direção ao cais e nos sentamos no beiral. O sol está se pondo. O horizonte é rosa, e vemos os raios do sol se espalhando pela água. Ficamos calados até eu perguntar a Henry:

— Por que — pergunto — você não joga aqui as cinzas dos seus pais? No rio. Seria ótimo, não acha?

— É contra a lei — diz Henry, e eu olho para os dois lados. Em todos os lados, as leis estão sendo quebradas. Abertamente. Duas crianças usando droga. Um bêbado esvaziando a garrafa. Cachorros soltos. Há orgia pública acontecendo atrás de nós.

— Tem razão — digo. — Isso é que é importante.
Henry encolhe os ombros.
— O rio está imundo. Seria desrespeitoso.
— Mais desrespeitoso do que guardá-los em caixas de sapatos no armário?
— Não os estou desrespeitando — diz Henry. E eu pergunto:
— Mas por que faz isso? Qual é o problema em enterrá-los ou espalhar suas cinzas no oceano ou em algum lugar agradável?
— Quero que fiquem perto de mim. Gosto de viver com eles — diz Henry, e eu respondo:
— Mas, Henry, eles estão mortos.

É como se ele estivesse recebendo a notícia da morte dos pais naquela hora, pela primeira vez. Como se já não soubesse, o seu queixo treme, as narinas fremem e faz xixi nas calças.

— Eu os amava muito — choraminga Henry.

Passo meu braço pelos seus ombros e puxo-o para perto. Para o meu seio, e acaricio suas costas.

— Está certo — digo para ele. — Pode chorar. É bom chorar.

Digo a Henry que é bom chorar, mas não chorei na morte de Bella, e, tanto quanto me lembro, não chorei depois de sua morte. Nem por outra razão. Nem quando não podia escrever. Nem quando sofria por Max a ponto de pensar que meu coração era uma chaga aberta. Nem quando todas as perdas me esmagavam, como se eu estivesse fechada numa bolha de desespero.

Henry se debulha em lágrimas, o ranho que lhe desce pelo nariz mancha a minha blusa, e ele se desculpa efusivamente. Digo a ele que não tem importância.

— Sairá quando a blusa for lavada — digo.

Sairá quando for lavada. Tudo sai quando é lavado. Então, quando Henry se acalma, digo para ele:

— Eles descerraram o túmulo da minha mãe hoje. Ou talvez tenha sido ontem.

Sentando-se ereto, Henry pergunta:

— Descerrar o túmulo?

Henry não sabe dessas coisas, e eu explico como descerram a lousa do túmulo, como um estratagema, no primeiro aniversário de morte, no dia em que a alma volta para a terra para visitar os vivos. Nesse dia, devemos orar pelo morto, e essas orações levarão a alma para Deus. Orações, como uma carta de recomendação.

— Então por que você não foi? — pergunta Henry.

— Porque não fui convidada — respondo.

Henry pega na minha mão.

— Oh, sinto muito — e, então, tem uma idéia: — Por que você não celebra um rito funerário para sua mãe? Para você mesma. Em casa.

— Não — balanço a cabeça. — Não vale a pena. — Dora e Estella jamais gostaram de minha mãe. Embora ela fosse apenas uma criança quando elas morreram, Dora me disse mais de uma vez que minha mãe era uma criancinha malcriada e convencida, uma opinião que não era completamente inconcebível. Se eu acendesse uma vela pela memória de minha mãe, Dora apagaria a chama.

Como se fosse um problema de revezamento, era a vez dele, e Henry pergunta se eu quero chorar agora.

— Talvez você queira extravasar — diz ele. — Talvez a faça se sentir melhor.

Talvez me fizesse sentir melhor, mas não posso chorar pela minha mãe, não posso e não chorarei pela minha mãe, aperto a mão de Henry. Confiança renovada.

— Eu estou bem — digo a ele. — Estou bem, realmente.

Em alguns assuntos Henry exibe a sensibilidade de um tijolo. Deste, porém, ele parece entender.
— Se você não pode chorar pela sua mãe, chore por você mesma, Lila. Chore pelo amor que nunca teve. Pelo amor que nunca deu. Chore pelo amor perdido.
— Henry — digo —, o único choro possível é pelo meu estômago. Estou faminta. — Fico de pé e sacudo a roupa na traseira como para tirar os escombros. — Vamos jantar. — Estendo minha mão para ele, ele a pega e aperta, e de mãos dadas vamos em direção ao leste em busca de um lugar para comer.

14

fabliau: (do francês "fabliaux", trova). Uma história curta em verso, geralmente em dísticos octossilábicos, relatando um incidente cômico ou obsceno da vida da classe média.

Depois do jantar, de volta à casa de Henry, na sua cama, insisto com Henry para ele pensar:
— Você tem de ter fantasias. Todo mundo tem fantasias. É um fato bem documentado.

No entanto, Henry assegura que não tem fantasias, que está perfeitamente satisfeito com o sexo comum, seja lá o que for isso.

— Você está mentindo — acuso, e, finalmente, o instigo a dar os primeiros passos no recesso da sua libido.

— Talvez — admite ele — eu gostasse se você se vestisse de enfermeira.

A cada um o seu, eu sempre digo. As enfermeiras que cuidavam da minha mãe eram mulheres dedicadas, com tornozelos grossos, a pele encaroçada e cheiravam a anti-sépticos.

— Uma enfermeira? Com aqueles uniformes de poliéster que

retêm o cheiro do suor? — perguntei. — E uma capa? Com sapatos com sola de borracha? Igual àquelas?
— Sim. Igual a elas — diz Henry. — O uniforme branco e, definitivamente, a capa, mas talvez não os sapatos de borracha. Sapatos de bico fino e salto alto. Mas, talvez, não.
Tenho tentado, sem muito sucesso, ensinar os jogos a Henry. Os jogos que envolvem cintos, cordas, cabeceira da cama e radiadores, mas ele resiste a ser levado por esse caminho.
— E se eu gostar? — pergunta Henry, e eu digo:
— A idéia é essa. Gostar.
— Não, quero dizer, e se eu realmente gostar disso? Gostar muito, muito? — Henry está preocupado com que eu faça dele um pervertido e que não haja volta. E se, depois de mim, ele tiver de recorrer a lugares onde se paga por esse tipo de prazer? Que fique reduzido a procurar anúncios da última página da revista *Screw*? Imagina se ele se tornar um freqüentador do The Dungeon ou do The Vault ou de qualquer um desses clubes de sexo, mal iluminados, que apresentam leilão de escravos e exames médicos de graça. — E se — pergunta Henry — eu descobrir que uma relação normal não me satisfaz mais?
— E o que é exatamente uma relação normal? — quero saber.
Henry e Dawn tinham uma relação normal. Dar ou tomar, dependendo de Dawn e da sua disposição, eles tinham relações normais duas vezes por semana. Duas posições padrão a cada sete dias. Posições padrão eram aquelas que não requeriam habilidades de ginástica ou qualquer coisa que Dawn considerasse vulgar, tal como a posição de cachorro. Se estivesse se sentindo muito generosa, Dawn daria uma lambida no seu cacete. Era isto que Henry chamava de relações normais. Grande Henry!
— E você e Max? — perguntou.

— Max, que descanse em paz, e eu... não, não tínhamos relações normais. Então me diga. — Sentei, cheia de curiosidade: — Nas noites em que vocês não tinham relações normais, o que você e Dawn faziam para se divertir?

Henry evita olhar para mim e diz:

— Coisas diferentes.

— Tais como? — Peço que especifique. Quero os detalhes interessantes, porque isto é o conteúdo da vida e da poesia. O horror do sai dia, entra dia, que presumo que pode parodiar a si mesmo, sem o meu auxílio.

— Televisão — diz Henry. — Pronto. Está satisfeita? Assistíamos à televisão.

— Por que ficaria satisfeita por você passar suas horas livres assistindo à televisão com a sua esposa? — pergunto. — Em que isso enriquece a minha vida?

— Não assistíamos só à televisão — Henry me informa. — Algumas noites íamos ao cinema ou jantar fora. E uma vez por mês nós nos reuníamos com outros três casais para jogar *Hearts* ou *All-Fours*.

— *Hearts* ou *All-Fours*? — Meus olhos brilharam. A centelha de interesse autêntico que diz ah, agora você está falando. — *Hearts* ou *All-Fours*. O que é isso?

— São jogos de cartas, Lila. *Hearts* é um jogo de cartas e *All-Fours* é outro jogo de cartas. — A voz de Henry tem um tom punitivo. Como se eu fosse uma menina má por não saber os nomes dos jogos de cartas. — Assim como pôquer ou *bridge* são jogos de cartas — explica ele. — Nos reuníamos para jogar cartas. Você não joga cartas?

— Não — digo para ele. — Mas, certa vez, vi um questionário numa revista, e uma das perguntas era: *Se você pudesse entrar num quadro e tornar-se parte dele, que quadro você escolheria?*

— *Noite estrelada* de Van Gogh — diz Henry, embora eu não tivesse feito a pergunta para ele, e digo:
— Bem, eu pegaria aquele com os cachorros jogando pôquer.
— Mas, por quê? — Henry quer saber. — Se você não gosta de jogos de carta e não quer um cachorro?
— É um par de dois. Porque isso seria jogar pôquer *com* cachorros — explico. — Além disso, é jogo da pesada e eles estão bebendo muito. Noites estreladas se conseguem com facilidade — digo. — Jogo da pesada com cachorros, não.
— Jogamos dados, também — acrescenta ele, como se eu não soubesse o que era jogo de dados. — Monopólio — diz ele — e Mau-mau. — Henry sorri encabulado, embaraçado ao ver como tudo aquilo era medíocre; seu casamento, sua vida sexual, seus divertimentos. Então algo lhe ocorreu: — Você não vai escrever sobre isso, vai? — pergunta. — O meu casamento com Dawn, isso não vai aparecer num poema, não é?

Não posso jurar que jamais isso aparecerá num poema, porque ninguém sabe o que é e o que não é um bom material para um poema. Com freqüência, um assunto me toma de surpresa, mas não digo nada. Em vez disso, pergunto:
— Escrever sobre o quê? Mau-mau? Não, acho que não.
— Está bem. — Henry tende para o lado defensivo, como se eu criticasse a ele e seu casamento. O que suponho que tenha feito. — O que você e Max faziam à noite? Para divertir-se? — Henry me desafia, o que pode ser um erro da parte dele. É como se Henry não soubesse que há alternativa para tudo sob o sol.
— Divertir? — digo. — Max e eu não nos divertíamos. Não. O que nós fazíamos não pode ser chamado de divertimento.

Eu não experimentei o amor nos eventos comuns do dia. Para mim e Max, não acontecia irmos a um cinema, um jogo de dados, uma comida chinesa entregue em casa, e não está no mundo de Henry a espécie de paixão que devora a pessoa inteira. Em vez de se frustrar tentando imaginar como era eu estar casada com Max, ele desiste disso e tem uma idéia diferente, mas similar. Henry, alma abençoada, desliza no comprimento da cama e abre as minhas pernas.

Max costumava vir para mim como se minhas pernas fossem o seu Muro das Lamentações. Seu santuário pessoal aos seis milhões, e ele oferecia dentadinhas e beijos de expiação. Se eu tivesse de escolher uma coisa de que sinto falta do casamento com Max, é isso aí.

Levanto a cabeça para olhar Henry. Seu nariz e boca estão fora da minha linha de visão, e seus olhos estão fechados como se a falta da visão aumentasse os sentidos restantes — toque, paladar, tom e cheiro. Porque não quero me distrair com coisa alguma, também fecho os olhos e me concentro. Com o nariz para cima, eu fungo como se estivesse tentando sentir o perfume do vento, e apuro meu ouvido esperando que o som da lambida da língua de Henry seja amplificado. Daqui, devo ser capaz de ouvir algo semelhante ao canto das baleias lá embaixo.

Só que não escuto nada. Deve ser mito, esse negócio de os cegos terem a audição mais apurada. No entanto, depois de seus olhos estarem fechados por algum tempo, quando você os abre, vê coisas que nunca viu antes. Como agora vejo, pela primeira vez, que Henry está ficando careca. No topo da cabeça, ele está calvo. Uma polegada de diâmetro. Fico imaginando se, sem ferir sua susceptibilidade, posso sugerir que ele experimente minoxidil, quando um *ooooh* escapa daquela inominável parte de mim e fluo pegajosa para dentro da boca de Henry.

Levantando-se dos lençóis gelados pelo ar-condicionado, Henry me dá um beijo na boca e diz:

— Você está muito cheirosa ali embaixo.

Henry é um doce. Dou um beijo no seu corpo, e entre esse beijo e o próximo, eu murmuro:
— Minoxidil.
Num repente, Henry se senta. Meus lábios perdem seu objetivo e estou beijando o ar.
— O quê? — pergunta Henry. — O que você disse?
— Minoxidil — repito, sem muita firmeza. — Você já pensou em experimentar minoxidil? Para esse vazio aqui. — Levanto-me e aponto para o ponto vazio. — Onde você está perdendo cabelo. — Henry estremece sob o meu toque, como se o ponto vazio doesse. — Você está careca, aqui. — Declaro o óbvio. Então me parece a hora certa de acrescentar: — Você sabe, estou apaixonada por você. Realmente, apaixonada. Nunca estive tão apaixonada antes. Parece um milagre — digo isso e Henry se anima, como fez com a minha xoxota. Com alegria e entusiasmo:
— É verdade? — diz ele. — Eu também estou apaixonado por você.

Não importa que eu não esteja apaixonada por Henry. Disse que estava porque quero amar Henry. Se eu estivesse apaixonada por Henry, isso aliviaria o vazio. Talvez não preenchesse o vácuo, mas diminuiria o medo dele. Como está, fico pensando se não sou uma dessas mulheres que não sentem orgasmo, aquela velha história que escutamos contar. Aquela sobre a mulher frígida que vai de homem para homem à procura do grande O. Praticamente um número infinito de homens e de todos os tipos. O carteiro, o leiturista, o rapazinho que entrega compras, os maridos das amigas, os vizinhos, e, ainda assim, nada. Sem saber mais o que fazer, ela marca consulta com um terapeuta de sexo, que ouve sua situação angustiosa, toma notas, e manda-a de volta para casa com manuais, diagramas e um saco de brinquedos. Duas semanas depois, ela emerge do seu quarto. Sua xoxota está machucada e danificada pelo uso. Ela está desgrenhada e exausta e um pouco louca. Seus olhos giram, mas não tem chance. Ela não teve orgasmo, mas isso pouco importa agora.

Como nossas melhores descrições do Universo são baseadas em teorias que incorporam improbabilidade, eu confesso meu amor por Henry. Dado ao infinito número de eventos, o improvável pode se tornar uma realidade. O que me permite achar importante a premissa de que, se fico atirando xícaras para o alto, eventualmente uma fará um *looping* acima da cabeça, numa dança desafiando a gravidade. Assim, se eu digo a Henry que o amo, e se repito isso muitas vezes, é teoricamente possível que um dia eu sinta isso por ele.

— Mas, e o seu marido? — pergunta Henry. — Você não o amava?

Recuso-me a falar sobre o que sentia por Max, porque não adianta chorar sobre o leite derramado.

Chorar *varrer* o leite derramado. Isto é uma *Max-ima*. O tipo da mancada que ele costumava dar que me fazia derreter, mas empurrei o pensamento para longe. Não queria Max se intrometendo num momento tão agradável, por isso virei as costas para ele e me aconcheguei nos braços de Henry.

— Então — pergunto —, você acha que pode tentar?

— Tentar o quê?

— O minoxidil — digo. — Porque você não pode dizer se alguma coisa funciona ou não se não experimentar.

15

heptâmetro: Um verso de sete pés, metricamente idêntico ao setenário. A métrica existe na prosódia latina e no grego clássico. Floresceu na poesia narrativa dos elisabetanos. Em geral, entretanto, provou ser inadequado para as longas e elevadas narrativas em verso devido a sua tendência à monotonia.

— ENTÃO, COMO FOI? — PERGUNTA Leon sobre a conferência em Nova Jersey, na qual fui uma das cinco conferencistas. Dois poetas, um editor de um jornal de poesia de segunda categoria e dois eruditos.

Torço o nariz.

— Passamos horas discutindo se o poeta escolhe, primeiro, a forma sob a qual vai escrever ou se a forma é determinada pelo poema, o conteúdo, a disposição ou seja lá o que for.

— O que vocês concluíram? — Leon quer saber.

— Não concluímos nada, porque não há nada para ser concluído. Os classicistas se amarravam ao decoro. A noção da forma, para Horácio, é que ela precisava se submeter ao assunto. Que você não pode escrever um poema épico sobre qualquer velho *schmuck*. Mas, realmente, é a galinha e o ovo outra vez — digo para Leon. — Quem sabe? Quem se importa? E por que perguntar a mim? Não escrevo nada há três anos. — Aí dou a Leon a boa notícia: — Estou amando loucamente Henry. Já faz cinco dias, agora, que estou amando — digo e Leon morde o lábio, desaprovando.

— A quem você pensa que está enganando? — pergunta ele, e eu respondo:

— A ninguém, por enquanto. Exceto Henry. Ele acredita em mim.

— E por que disse a Henry que está apaixonada por ele? Qual foi o motivo, posso saber? — Leon procura ser duro, como se estivesse me dando um zero.

— Estava tentando ver se os sapatos me serviam.

— E serviram?

— Vou explicar — digo para Leon. — São sapatos confortáveis. Não estamos falando de sapatos do modelo Maud Frizon. Não têm laços e salto-agulha. Não são sapatos do tipo que eu gosto. Gosto de sapatos joviais, mas talvez você goste. Eles são, bem, são comuns. Não gosto de sapatos comuns. Entretanto, posso enfeitá-los. Acrescentar fivelas e, eventualmente, pintá-los. Um toque de roxo.

Leon diz que rejeito o comum porque não confio nisso, mas o que há para não confiar? É lento, firme e estável. Minha rejeição ao comum tem menos a ver com confiança e tem tudo a ver com claridade visual. A maneira como vejo, é que isso é um pouco menos triste do que casais que se juntam com o propósito de jogar mau-mau. Isso não é tipo de vida.

— É como aquele antigo provérbio — digo — sobre como se pode morar numa fazenda depois de se viver em Paris.

— Então, ser casada com Max era como viver em Paris?
— Isso mesmo — digo. — Quando Paris estava se incendiando. — Talvez eu não saiba nada sobre o amor, ou como deve ser. Talvez eu tenha pulado essa lição. Assim como você tem de ler Hermann Hesse, quando tem dezessete anos, ou não se importar. Ou talvez seja como perder o trem, e lá está você sozinha na plataforma, carregando sua mala. Isso não significa que você espere alegremente o próximo trem, porque naquela noite eles podem ir para Normal, Illinois, e você não quer ir para lá. — Rejeito o comum — digo para Leon — porque o comum é tedioso e triste.

Leon junta as pontas dos dedos na forma de diamante. É um sinal certo de que ele está para dizer algo que considera profundo. Uma daquelas pérolas de sabedoria das quais ele é excessivamente orgulhoso, à maneira como um gato considera um rato morto, avaliando seu peso em ouro.

— Mas você está triste — observa ele.
— Bem, claro que estou. Até aí nada de novo, Leon. Entretanto, reparei que você não disse que eu era chata.

Leon se ajeita na cadeira.

— Me explica isso — diz ele —, o que há de tedioso na tão falada vida amorosa normal?

Corro os olhos por Leon, de cima a baixo, como uma câmera de cinema girando num *close-up*, observo a gola de renda, a saia estampada, seus sapatos *escarpins*, e digo:

— Eu não sei, Leon. Você me diz.

Leon prefere ignorar a minha insinuação e não posso culpá-lo. Foi uma grosseria de minha parte. Para não dizer até mesmo uma crueldade, e logo que disse, me arrependi.

— Não vejo nada de horrível em ser casado com um bom sujeito — disse Leon. — Ter uma boa casa, um casal de filhos, alguns amigos para conviver. O que há de tão horrível em duas pessoas compartilharem a vida, envelhecerem juntas sabendo que são amadas?

— Mesmo que eu concorde que não há nada de horrível sobre esse tipo de vida, com o que eu não concordo — digo —, você tem de admitir que não há nada de maravilhoso também.

Leon não admite tal coisa.

— Acho que é ótimo — diz ele — compartilhar os prazeres simples e o conforto.

Aquilo deve ser fantasia de Leon, mas me dá arrepios.

— Pare por aí, Leon. Não posso mais ouvir isso. Você está partindo meu coração.

— Por quê? Por que isso parte seu coração? — Leon fala como se ele estivesse advogando um assunto realmente importante.

— Porque — digo — Porque. Porque. — Preciso pensar em alguma coisa. — Porque é comum. É acanhado, e quando essas pessoas envelhecem, vão olhar para trás e se horrorizar com a sua própria banalidade. Verão que desperdiçaram suas vidas no mundo e terão de enfrentar a morte com grande remorso. Remorso que levarão para o túmulo.

— E o que — pergunta Leon, com as pontas dos dedos juntas, de novo — você levará para o túmulo?

Carmen brinca que ela levará tudo com ela para o túmulo. Ela pretende confirmar como os antigos egípcios faziam. Arrumar seus bens mundanos para serem enterrados juntos com ela. Como aquele executivo japonês que pagou um preço altíssimo por um Van Gogh e um Renoir, apenas para anunciar que, quando ele morresse, queria que os quadros fossem cremados juntos com o seu corpo.

— Um telefone celular seria uma boa coisa para levar — digo para Leon e ele diz:

— Você está fazendo pouco caso, Lila.

— Só Deus pode fazer pouco caso, Leon. O resto de nós, o que podemos fazer é viver com isso.

Embora não veja necessidade de levar para o túmulo meus cosméticos, sapatos ou até mesmo os meus livros, também não quero ser enterrada somente com os meus remorsos.

— É claro que não. — Leon é tão enfático que me ponho em guarda. — Mas você ainda não explicou por que uma vida comum deveria causar remorso. E por que, se você rejeita o comum, está tentando amar Henry?

— Estou tentando amar Henry porque gosto dele. Ele talvez tenha um potencial escondido.

— E? — Leon está esperando que eu explique a razão verdadeira de repudiar o comum, mas não posso fazer isso. Fico constrangida em admitir isso, não vá Leon pensar que sou uma idiota. É porque quero, desesperadamente, ser especial. Alguém especial. Apareci na revista *People*. Duas páginas. E a revista *People* não mostra o perfil de poetas todos os dias da semana. Isso deve valer alguma coisa, mas não vale. Como uma espécie de boneca de festa, eu digo:

— Quero viver uma vida conseqüente.

— Você quer ser amada — observa Leon. E diz: — Quando uma pessoa está carente, ela não sonha com um xícara de arroz ou um pedaço de pão. Ela almeja uma refeição suntuosa, uma mistura de gostos e aromas. Uma refeição de rei.

— Sim — concordo. — Por que sonhar com uma simples refeição, quando você pode sonhar com um banquete?

— Porque — diz Leon — a pessoa carente é com freqüência iludida, e se fartar com carnes e doces a faria ficar doente.

Sacudo a cabeça. Não concordo com o que Leon está dizendo.

— A vida comum é uma armadilha — digo. — É para os que não fazem questão do melhor. Quero ser livre para encontrar mais do que isso. — Digo com uma expressão séria, mas Leon ri.

— Livre? Livre? Você? — Leon ri mais um pouco, e depois pára de rir. — Você está enganando a si própria, Lila. Sabe que está se enganando. Livre. Você não é livre para explorar nada além da ponta do seu nariz. Você está numa armadilha, Lila. Está presa dentro das paredes de uma prisão. Paredes que você mesma construiu. Paredes que você levantou tijolo por tijolo, tudo sozinha. Você vive numa fortaleza cercada por um fosso cheio de homens bestas. Não é diferente de quando você estava casada com Max e se trancou numa prisão. Max não a trancou no apartamento. Foi *você* que se trancou no apartamento. *Você* fez isso. Você é uma princesa trancada na torre de um exílio que você mesma se impôs. Nenhuma canção de roda, nenhuma madrasta malvada, nenhuma bruxa fez isso. Você fez isso. Fez isso para que ninguém chegue perto de você, e agora não encontra uma maneira de escapar.

O momento fica tenso com a reprimenda, então pergunto para Leon:

— Já terminou?

— Por ora — diz ele. — Terminamos por ora.

16

envelope: O padrão é um caso especial de repetição. Um verso ou uma estrofe recorrerá à mesma ou quase à mesma forma para conter outro material. Um verso ou uma frase significativa pode, assim, conter uma estrofe ou um poema inteiro. O efeito é para enfatizar a unidade da porção contida.

Então, sou agora a princesa presa na torre. Uma freira enclausurada sozinha num quarto com chão sem tapetes e tapeçarias de unicórnios nas paredes. Tapeçarias de unicórnios como aquelas nas paredes do Convento em Fort Tyron Park, em Washington Heights, onde Max e eu costumávamos passear. Até que comecei a recusar e Max ia sozinho. Na chuva, no calor escaldante e no frio constante, ele andava até lá, porque Max gostava de um passeio diário e não seria dissuadido da sua rotina pelo tempo inclemente ou pelo clima do lugar.

Há aqueles nova-iorquinos que fazem comentários sarcásticos sobre os narizes sangrando, quando se aventuram além da Rua Quatorze, como se lá houvesse algo fabuloso sobre os hábitos provincianos. Eu não. Eu era versátil. Ia a todas as partes da cidade, incluindo até a periferia. Obediente à campanha de publicidade, amo Nova York da maneira que os esnobes adoram Paris, o que, tanto quanto conheço, é uma cidade que você pode ficar pra você. Eu fico com Nova York, onde, sim, as ruas fedem, mas as pessoas, não. Conheço também as principais regiões da State Island, mas a Rua 187, onde fica?

— Onde você mora? — perguntei, pedindo que Max repetisse.

— Na Rua 187 com Bulevar Cabrin.

— Fica no Bronx? Parece um endereço no Bronx — eu disse, mas Max explicou:

— Não. Não é no Bronx. É a oeste do Bronx. É a região nordeste de Manhattan. Não é bem na ponta de Nova York. A ponta de Nova York é a área de Inwood. Eu moro em Washington Heights.

Washington Heights. Era lá que Leon tinha nascido. Eu arrancara a história da vida de Leon aos trancos e barrancos e cacos, como um espelho estilhaçado. Fiquei sabendo como a mãe dele fugiu dos nazistas e se refugiou num apartamento em Washington Heights, grávida de cinco meses, e esperou que o pai de Leon viesse juntar-se a ela no novo apartamento, no novo país e casar-se com ela, e ele nunca chegou lá, para o que poderia haver uma variedade de justificativas e nenhuma delas boa. Como ela teve o bebê Leon, sozinha, no banheiro, como ficou louca de preocupação e sofrimento, e como, finalmente, ela soube que o pai de Leon havia morrido em Auschwitz, e nas tardes de sábado as crianças irlandesas de Inwood caíam como enxame de abelhas assassinas em Washington Heights para imitar as crianças judias, e, se punham as mãos numa criança judia-alemã, era o fim. Elas a derrubavam por ser judia, e depois por ser alemã, e zombavam dando-lhes pontapés nas costelas. O sarcasmo ali estava desperdiçado pelas crianças irlandesas de Inwood.

Max pode ter nascido e ter sido criado no *spa* alemão na cidade de Baden-Baden, mas Max conhecia Nova York. O que é lógico, já que ele fazia mapas. Max desenhava mapas para os usuários de Nova York, para a firma Rand MacNally. Mapas que eram repassados para os guias e editados em tamanhos menores para serem vendidos para turistas. Max era muito bom no que fazia. Um cartógrafo nato, se se pode imaginar tal coisa. Max estava sempre preocupado com divisas e linhas de demarcação. Isso não quer dizer que ele não atravessasse alguma, mas ele sabia das dificuldades advindas da redução de um mapa para outro. Só as diferenças de tamanho de símbolos podem causar problemas insuperáveis. Assim, Max era capaz de transferir o globo terrestre para uma superfície plana, o que só os deuses são capazes de fazer.

— Você pega o trem A — Max me orienta para eu ir do meu apartamento ao apartamento dele. — O trem A é um trem expresso — disse ele. — No entanto, eliminando qualquer imprevisto, a viagem não leva mais do que vinte e cinco minutos.

Vinte e quatro minutos na pinta, e lá estava eu na larga avenida, do tipo que não temos no centro da cidade. No centro da cidade, as ruas são estreitas e agitadas pelo comércio e por pessoas atarefadas. Esta avenida era residencial nas duas direções. Não havia edifícios industriais avultando ameaçadoramente, nem havia lojas de departamento ou supermercados. Enquanto andava, apenas uma mercearia, uma padaria e um sapateiro. Estas eram as propriedades comerciais de uma cidade pequena, em vez de Manhattan. Sem o atropelo da grande cidade, sem o congestionamento do tráfego e o empurra-empurra forçando-os a andar mais rápido, os poucos pedestres passeavam numa paz descuidada. Era como se eles não tivessem para onde ir, a não ser dar voltas e mais voltas no quarteirão.

Max estava esperando por mim na frente do seu prédio. Um apartamento amarelo em *art déco* com portas de vidro facetado. Depois de um longo e suave beijo na minha boca, ele disse:

— Vamos. Vamos dar um passeio. — O que não era exatamente o que eu tinha pensado fazer. — Vamos andando até o parque — disse Max. — É lindo. Você vai adorar.

Você vai adorar. Era tão delicado da parte dele. Naquela mesma viagem à Alemanha, em que soube que Heidelberg teve duas décadas memoráveis entre 1933 e 1955, fiquei num pequeno hotel em Munique. Ali, no meu quarto, em cima da cabeceira da minha cama, havia um cartaz: *Em caso de incêndio não entre em pânico.* O que me assustou. Como se eu pudesse realmente obedecer à ordem de não entrar em pânico, enquanto as chamas lambiam as paredes e devoravam as cortinas de veludo.

Não desvio do meu caminho para ir a um parque. Muito pelo contrário. Embora goste de um banco de parque, prefiro aqueles fincados numa pequena trilha de asfalto onde a única vida selvagem é o pombo. Com freqüência, mudo meu itinerário para evitar a grama e os canteiros, como no Washington Square Park, que é infestado com um número desproporcional de palhaços. Os gramados do Central Park me oferecem apenas um atalho do West Side para o Leste. Provavelmente, eu não iria gostar do parque de Max, mas ele colocou o braço no meu ombro e mordiscou o lóbulo da minha orelha, o que me fez concluir que o seguiria a qualquer lugar.

Flores vermelhas, amarelas e rosa estavam em plena floração e, como eu não estava de óculos, os jardins pareciam impressionistas. Um quadro de Monet de Giverny. Muitas coisas pare-

cem melhores do que realmente são quando estão fora de foco. Mas, apesar disso, é provavelmente mais inteligente, numa longa corrida, ver claramente.
— Então esse é o Fort Tyrone Park — disse eu.
— *Tryon* — Max me corrigiu. — É chamado Fort Tryon Park.
— Try-on. — Minha pronúncia estava lá, mas o meu timbre estava fora. Como se eu fosse a estrangeira.

Pessoas idosas estavam sentadas nos bancos do parque e parecia ser feriado. Só que não era feriado. Essa vizinhança, com suas lojas familiares, seu parque pitoresco, as portas de vidro facetado, era um anacronismo. Uma volta ao passado, quando as mulheres usavam chapéus e luvas brancas para irem ao mercado e os homens usavam terno e gravata até mesmo nos fins de semana. Quando havia uma pátina de formalidade no dia-a-dia e não havia essa coisa de roupa esporte. O outro componente curioso aqui era que, se você prestasse atenção nas conversas, aquelas pessoas podiam estar falando uma língua incompreensível, a não ser que você entendesse alemão.

Pondo de lado os ataques que levaram dos irlandeses de Inwood, os judeus alemães — aqueles que abriram os olhos para a questão do nazismo e puderam sair enquanto tinham chance — acharam um refúgio em Washington Heights. Um lugar seguro contra a ofensa e onde podiam ter o seu *strudel,* também. Um lugar onde podiam ser judeus e alemães sem ninguém para lhes dizer que um judeu alemão era um paradoxo.

Quando a guerra terminou, a Europa era uma confusão, e a Alemanha, igualmente, estava na pior forma, havia um número de alemães procurando fugir das ruínas dos prédios, da fome e, em alguns casos, da perseguição. E qual outro lugar a não ser Washington Heights, onde o *strudel* já estava há anos sendo assado nos fornos, onde falavam alemão, onde os cães *dachshunds* dominavam. Washington Heights tornou-se o lar dos refugiados de antes da guerra e dos refugiados de depois da guerra. Juntos outra vez. Velhos amigos e vizinhos, assim era antes dos distúrbios.

De mãos dadas, Max e eu caminhamos ao longo das trilhas que subiam e desciam como ondas e, então, subimos a colina outra vez.

— Você sabe — disse Max — que estamos na segunda maior altitude de Manhattan?

Eu não duvidava de que estávamos muito alto, mas Max estava enganado ao acreditar que aquela área era, realmente, em Manhattan. Não importa o que o mapa mostrava. Fort Tryon Park não fazia parte de Manhattan, nem de Nova York ou de qualquer parte da América. Esqueça longitude e latitude e oceanos e cadeias de montanha, quilômetros quadrados e o leito das rochas e dos rios. As linhas do mapa são facilmente apagáveis e refeitas. Novos jornais podem ser editados num estalo, junto com carteiras de identidade, passaportes, estrelas amarelas. O parque poderia ser fechado, embalado e rapidamente enviado para a periferia de Frankfurt, e ninguém notaria.

No fim da estrada, chegamos a um gramado com um quadrilátero de pedra enfeitado com arcadas, como em Oz. Um castelo, era o cenário para um conto de fadas.

— O que é aquilo? — perguntei.

— Os Mosteiros — Max não estava acreditando. — Você não conhece os Mosteiros? Foi construído com os restos de cinco mosteiros diferentes, por isso é que as partes não combinam. Rockefeller deu de presente para a cidade. Dentro, abriga uma horrível coleção da arte medieval francesa. É, também, onde estão expostas as tapeçarias de unicórnios. São tapeçarias famosas, embora eu as considere muito feias. Elas têm quinhentos anos, e contam uma história de amor, embora alguns historiadores pensem que é a história de Cristo. Não tem importância. Elas são muito ridículas para serem discutidas.

Não prestei muita atenção ao que Max dizia porque eu estava olhando para cima, para a janela de cantos mais distante, o tipo da janela em que, segundo a lenda, uma princesa foi enclausurada. Ficou enclausurada, até que o seu príncipe chegou em cena para libertá-la. O que ela não sabia é que, durante todo o tempo, a chave estava com ela mesma. Talvez estivesse costurada no seu sutiã ou amarrada fortemente no punho, de tal modo que ela não pudesse abrir a mão. Igual a Dorothy, que sempre tivera o poder de voltar para casa, embora me seja impossível entender por que Dorothy queria voltar para Kansas onde ninguém prestava atenção a ela, quando podia ter continuado a ser um grande queijo em Emerald City. Se eu tivesse sido Dorothy, teria fincado no chão os saltos daqueles sapatos com rubi e teria dito: "Não há lugar como Oz." E foi assim que Dorothy provavelmente cresceu para se apaixonar por um fazendeiro de Wichita, onde se casou, teve uma família e envelheceu sem remorsos.

17

epinício: Uma ode de um número de grupos de três estâncias cada (estrofe, antístrofe, epodo), comemorando uma vitória em um dos quatro grandes jogos nacionais gregos. Era cantada, também, à chegada vitoriosa na cidade natal ou durante a procissão solene ao templo ou no banquete especialmente oferecido para celebrar a vitória.

Há POEMAS BASEADOS TOTALMENTE NA linguagem, em que o conteúdo é tolo. A essência emana do estilo. Está toda na florescência do formalismo, que foi no que eu estava pensando quando falei para Max que devíamos nos casar. Era como dar os toques finais na ordem natural, assim como você chupar as rosinhas de açúcar cristalizado do bolo de aniversário, pingam-se os *i* e cortam-se os *t*. Eu buscava o ritual. Como se isso girasse em torno da cerimônia. Para mim, o casamento não era um conceito não empírico, e Max concordava:

— Sim — disse ele. — Vamos nos unir pela lei, para toda a eternidade. — Que não era exatamente como eu me expressaria.

Meus pais ficaram emocionados. Dos pés à cabeça, ficaram arrepiados com a notícia. Emocionados, arrepiados e muito aliviados, porque o estado de *solteira* era, para eles, uma fonte de vergonha. Uma fonte de preocupação. Como se tivessem gerado um fiasco de mulher que nenhum homem queria. Como se eu fosse digna de pena, tanto quanto se fosse desfigurada, doente mental ou viciada em drogas.

Para não falar de como eu os tinha privado, até agora, do casamento em que sonhavam fazer para mim. Uma orgia de comida, música, flores e garçons de uniformes de estilo militar. O tipo do casamento que os convidados se perguntam em voz alta quanto aquela festinha deve ter custado. Devido às rivalidades entre metodistas e presbiterianos, meus pais jamais aceitaram a idéia de uma festa modesta, poucas migalhas na mesa do bufê.

Mais rápido do que um espirro, Bella pegou o catálogo de telefone, abriu-o no colo, correndo o dedo pelos fornecedores, salões de recepção e floristas.

Fechei as Páginas Amarelas nas suas mãos e acabei de dar a notícia:

— Vamos nos casar no cartório. Nada de babados. Nada de estardalhaço. Nada de convidados. Só você, papai e Carmen.

— E a família de Max? — perguntou ela.

— Não. Ninguém da família de Max estará lá.

Só depois de estarmos casados é que Max falou sobre mim com a família dele. Que eu existia e tínhamos nos casado. Quando desligou o telefone, depois de falar com eles, disse-me:

— Meus pais desejam recebê-la em casa.

— Como assim? — perguntei. — Como um abajur? Ou como um sabonete para o banheiro?

Se minha mãe fosse o gênio da lâmpada, teria se materializado e dito: "OK. Você tem três desejos. Deixe-me dizer-lhe quais são." Meus desejos, minhas vontades, meus pensamentos tinham ido pelos ares.

— Você tem de convidar seus irmãos — disse ela.

— Não — mantive-me firme. — Se convidar meus irmãos, eles trarão minhas duas meias-irmãs.

— Elas não são suas meias-irmãs — disse minha mãe, como se eu não soubesse. — Elas são suas cunhadas, e, sim, você tem de convidá-las para o seu casamento. Afinal de contas, elas a convidaram para o casamento delas.

No casamento de Rob e Goneril, fiquei bêbada e vomitei no salão da festa. Aconteceu que a noiva estava na frente, e foi ela que foi atingida pela gororoba, o que era outra coisa da qual nunca fui perdoada.

— Eu sei até onde vai isso — avisei a minha mãe. A lista de convidados para um casamento cresce como estafilococos, multiplicando-se exponencialmente. — Como posso não convidar tia Mitzie e tio Dave e o primo Howard? E se eu tiver dez ou mais pessoas lá, o que são mais algumas dúzias? E como poderíamos convidar as pessoas para o casamento sem alimentá-las depois? Seria uma indelicadeza. E a música é sempre agradável numa refeição. Não precisa ser um conjunto para dançar. Talvez um quarteto de cordas.

— Sim. Exatamente — minha mãe concordou com entusiasmo, com seu jeito próprio, ao que eu retruquei:

— Exatamente coisa nenhuma. Isso não vai acontecer. Pode esquecer. — Quando se trata de minha mãe, você tem de cortá-la pelos joelhos. De outra maneira, ela pisará em cima de você.

Seu próximo passo foi o boicote. Agora, era provável que ela não pudesse ir ao meu casamento. Ela tinha um compromisso anterior marcado para aquele dia.

— Quinta-feira — disse ela. — Tenho aula de cerâmica, nas quintas-feiras. Estamos fazendo cerâmica vitrificada. Eu não posso faltar. Afinal de contas, quem se casa numa quinta-feira à tarde? Nunca ouvi falar sobre isso.

— Cartório — expliquei — não é o Lenord's de Great Neck. Cartório não abre no fim de semana.

— Ninguém falou nada sobre Lenord's do Great Neck, portanto deixe de ser maliciosa. Você sabe perfeitamente que jamais faria sua festa de casamento no Lenord's de Great Neck.

Lenord's do Great Neck era um lugar onde se faziam recepções de casamento ou *bar mitzvah*, se você tivesse muito dinheiro e gostasse de rococó. Um gigantesco salão de recepção todo enfeitado com folhas douradas e candelabros de cristal.

No passado, quando eu estava no primeiro grau da escola, era *de rigueur* as princesas suburbanas festejarem seus dezesseis anos com extravagantes festas de debutantes. Mindy Leffert arrasou com a sua festa maravilhosa no Lenord's de Great Neck. Foi o máximo. No seu décimo sexto aniversário, Mind, também, fez plástica no nariz com o Dr. Diamond, o mestre da plástica no nariz que fez o nariz de Marlo Thomas. A maioria das meninas na minha escola teve o nariz operado pelo Dr. Diamond.

Se você olhar as fotos no álbum daquele ano, vai pensar que houve uma endogamia em curso em Westchester County. Não só as meninas portavam narizes idênticos, mas a cirurgia as deixava meio estrábicas porque o Dr. Diamond fazia seus narizes muito pequenos. Eu me recusei a ter meu nariz operado, apesar de minha mãe afirmar que o Dr. Diamond não era o único cirurgião plástico em Nova York. "Você pode ter outros narizes, além dos dele", ela prometeu, mas eu gostava do meu nariz como ele era. Como tem permanecido. É um nariz proeminente, mas acho que é um bom nariz. Minha mãe queria que eu consertasse meu nariz, ela dizia consertar como se ele fosse quebrado, pela mesma razão que, na privacidade de seu próprio lar, se referia de modo pejorativo ao Lenord's de Great Neck. Na opinião de Bella, meu nariz era judeu demais.

Levantei-me da mesa amarela da cozinha e enchi minha xícara de café.

— Olhe — disse para minha mãe —, gostaria que você fosse ao meu casamento, mas é você quem decide.

Da mesma maneira que você pega uma senha na padaria, você também pega uma senha no cartório. Uma fila para o amor. Max e eu éramos o vigésimo terceiro na lista para casar naquela quinta-feira, e a espera seria de mais de uma hora. Nenhum de nós pensara em trazer um livro para ler.

A decoração da sala de espera era no estilo realismo soviético, o funcional sobrepunha-se à forma, e o tapete era da cor de salsichão de fígado. Sentamos enfileirados como pardais no fio telefônico. Alvoroçados e prontos para voar a menor provocação.

Meus pais, tendo capitulado, usavam, ambos, roupas azul-marinho. A roupa de Max era cinza-chumbo. O sinal de sua adesão à alegria do dia era a gravata. Era de bolas azuis que saltavam do fundo vinho. Como de hábito, Carmen estava produzidíssima. Carmen enfeitava as roupas com lantejoulas e fios metálicos. A noiva usava uma discreta roupa preta.

Sub-repticiamente, com os olhos correndo pela sala, minha mãe abriu a bolsa. Como se estivesse procurando uma arma por entre a carteira Fendi e o estojo de maquiagem Fendi, ela tirou de lá uma macaca, que era uma arma de outra espécie. Dez centímetros de altura. E como pegaria um bebê ou um vaso de planta, ela a colocou no colo.

Como se duvidasse do que estava vendo, Max puxou-me para perto e murmurou:

— O que é aquilo que sua mãe está segurando?

— Meryl — disse eu. — Aquilo é a Meryl.
Para uma macaca de brinquedo, Meryl tinha um guarda-roupa muito elegante. As cores das roupas combinavam com as dos acessórios. Num arroubo sem precedentes de sentimento materno, Bella tinha salvado Meryl de uma pilha de brinquedos descartados numa venda de quintal. Cercada pelo amor materno e atenção, Meryl dormia numa cesta em cima da mesa-de-cabeceira de minha mãe. Sua cabeça do tamanho de uma fruta descansava num travesseiro pompom, um pedaço de lã *cashemere* cortado de uma velha echarpe servia como cobertor. Quando Meryl não estava dormindo na cesta, ela estava com minha mãe. Na bolsa, no colo ou sentada a seu lado, no banco do passageiro do BMW de Bella.

— Oh, adorei a roupa. — Carmen passou os dedos pelo cetim do vestido da macaca. — É novo?

Para a ocasião do meu casamento com Max, Meryl fora embonecada com uma túnica enfeitada com babados e chapéu de palha combinando. Pendurada no pulso havia uma bolsa verde lavanda de plástico que tinha indícios de ter pertencido à Barbie da minha infância. Como se minha mãe tivesse roubado a bolsa da Barbie para dar a Meryl. O que era uma coisa que eu não teria deixado passar.

Ajeitando as dobras do vestido de festa de Meryl, minha mãe inclinou-se para a frente para me olhar. Para se regozijar. Tripudiando em seu triunfo, seu recado foi duplamente implícito. Não só ela havia trazido um convidado sem a minha permissão, como mostrava para mim a afeição que possuía. Como ela teria me amado também, tivesse eu sido a filha que Meryl era — tivesse eu sido bem-comportada, tivesse usado boas roupas com os acessórios combinando e tivesse eu um nariz tão pequenininho que mal chegava a ser um nariz.

quatro eras de poesia: Um ensaio de Thomas L. Peacock, em que ele declara que o grego clássico e o verso latino passaram por eras de 1) ferro, ou vigor primitivo rude, 2) ouro ou a mestria de Horácio, 3) prata, ou o refinamento de Virgílio, e 4) bronze, ou a "segunda infância da poesia".

Estou folheando as páginas da revista *Vogue* procurando um estilo de cabelo que me atraia. Algo para uma estação que se anuncia úmida e quente. Dora tem estado atrás de mim para eu cortar meu cabelo tipo Chanel, mas ela é muito um produto da sua época. Ela considera o estilo chanel o máximo, mas estou pensando em fazer uma ligeira mudança. Isto é, se eu cortar meu cabelo. Há anos que dou apenas uma aparada no cabelo. Desde o corte que fiz por causa do Max e de Bergen-Belsen. Agora, Kevin penteia meu cabelo solto e o desembaraça. Uma capa rosa de plástico é colocada em volta do meu pescoço e me cobre como um manto. Kevin é o homem que tinge o meu cabelo da cor cereja preta. Cereja preta é para quebrar o mo-

nocrômico da cor preta natural do meu cabelo, só que agora Kevin anuncia:
— Grisalho. Você está ficando com o cabelo grisalho, Lila. Olhe para isto. Três deles aqui.
Kevin separa os fios prateados do topo da minha cabeça para que eu veja. Fecho os olhos contra o ataque de raiva e imploro a ele:
— Faça alguma coisa.
— Não se preocupe — Kevin bate no meu ombro, para me dar segurança. — Farei com que pareça que nunca estiveram lá.
Promessa cumprida, examino as raízes. Kevin é um gênio com as cores e digo isso a ele:
— Lila — diz ele —, não foram muitos. Só alguns fios.
Tanta modéstia, dobro a gorjeta e me apresso a sair, porque Henry está me esperando há vinte minutos.

— Desculpe, estou atrasada — digo. — Tive de fazer algumas coisas.
— Não há problema. — Henry está sorrindo como se estivesse escondendo um segredo atrás das costas. E tem. É a sua filha que está escondida entre as suas pernas. A garota espia e ri para mim, antes de se retrair de volta para onde ela se considera fora das minhas vistas. O filho vem e fica a seu lado. As duas crianças estão usando pijamas de flanela, desses que cobrem os pés.
— Não está um pouco quente para estes pijamas? — pergunto.
As crianças deveriam estar nuas, porque o ar da noite está pesado e abafado. Meu cabelo está grudado na nuca.
— Eles têm ar-condicionado no quarto, ligado no máximo — Henry me diz. — Lá, é como o Pólo Ártico.
Não gosto de quarto com ar-condicionado. O verão tem de ser quente. Sem falar de como as bactérias se espalham através

do sistema de filtro do ar-condicionado. Também não fiquei muito satisfeita com essa apresentação aos filhos de Henry, para a qual não estava preparada. Até agora tinha conseguido evitá-los, mas há semanas Henry está atrás de mim para conhecê-los. Tendo esgotado minhas desculpas, tudo que restou foi a verdade, que não iria convencê-lo. Não havia uma maneira educada de dizer que não me dou bem com crianças e não faço exceções à regra. Os pais, eu aprendi, ficam ofendidos com essa franqueza.

Não é que eu não goste de crianças. É que não sei bancar a débil mental para lidar com elas. Ainda assim, os pais tendem a considerar minha posição como a de uma bruxa. Como se eu fosse cozinhar as criancinhas num caldeirão, junto com cenouras e ervas. Ou dar mingau ralo para os órfãos, e, todo dia, ao amanhecer, fisgar um bebê para o forno.

É o contrário, sinto pelas crianças o que sinto pelos cães. Elas merecem uma cama quente para dormir. Têm o direito inalienável de ser alimentadas com refeições saborosas e nutritivas. Desejo que cada uma tenha um brinquedo para morder, e é melhor, sob todos os pontos de vista, que freqüentem a escola. As crianças e os cães merecem ser amados, mas não por mim. Não estou interessada em tê-los babando e fungando entre as minhas pernas. Isto não quer dizer que eu não gosto de babada ou fungada entre as pernas. É diferente, quando um homem faz essas coisas. Em princípio, quando um homem baba por mim, não é no sentido literal. Crianças e cachorros, ao contrário, deixam uma gosma.

Max e eu falamos em ter filhos apenas numa ocasião. Não seriamente, mas hipoteticamente, assim como, às vezes, os amantes escolhem as características do bebê, como num cardápio chinês. Seus olhos, meu nariz, meu cabelo, suas mãos. Então parávamos, porque o nosso casamento não admitia a intrusão de outra pessoa, nem mesmo uma fabricada por nós ou da nossa imaginação.

— Lila — Henry faz as apresentações —, este é Pollack. — Põe a mão na cabeça do menino, volta-se e empurra a menina para a frente: — E esta é Cosima.
Pollack e Cosima. Nomes muito presunçosos. Recusando-me a aceitar isso, cumprimento dizendo:
— Oi, Pólipo. Oi, Eczema. — Eles parecem achar engraçado, mas Henry, não.
— Você não devia caçoar deles.
— Não estou caçoando deles. Estou caçoando de você.
Pelo menos com os cachorros você não tem de conversar. A maior dificuldade que tenho com crianças é que, uma vez feitas as apresentações, nunca sei o que dizer para elas. Francamente, não ligo a mínima para que ano elas estão na escola, se gostam ou não da professora. Duvido que tenhamos interesses em comum, e quem quer ser o alvo de uma observação sobre suas medidas? Não sou inteiramente insensível. Jamais diria: "Meu Deus, você é uma garota tão grande", porque ninguém quer ouvir isso.
Por razões que não entendo, Pólipo e Eczema estão agarrados comigo. Henry está radiante, como a Telstar transmitindo um capítulo da felicidade da família. As crianças querem brincar comigo e querem me mostrar seus brinquedos. Eczema tem um jogo chamado "Linda, linda Princesa", do qual ela gosta muito.
— Eu fui uma princesa — digo para ela. — Uma princesa de verdade. — Seus olhos se alargam como o oceano, e eu digo: — Fica fria, garota. Não sou mais uma princesa. Eu fui, mas abdiquei. — Pólipo quer saber o que quer dizer abdicar, e eu explico: — Quer dizer que me demiti. Nem todo mundo é talhado para a vida de princesa.
Henry ri, porque ele acalenta a idéia de que a minha abdicação é apenas de nome. Que abdiquei do título, mas mantenho as

propriedades. Então, Henry desaparece dentro da cozinha e, sozinha com as crianças, abro a minha bolsa. Como um mágico tirando um casal de pombos da manga, tiro uma barra de chocolate. O que iria ser o meu jantar, mas corto-a ao meio. Da maneira como uma rã estica a língua comprida e rápida para pegar um inseto em meio vôo, dois pares de mãos sujas e ávidas pegam o chocolate.

— Podemos comer agora? — pergunta Eczema.

Pólipo se esforça para ser maduro e bem-comportado;

— Papai não nos deixa comer depois do jantar.

— Bem — digo para eles —, estou passando por cima do veto de Henry. Digo que está bem, podem comer o chocolate agora. Vão em frente. — Incito-os a continuar. Que me importa se os seus dentes ficarem cariados?

Quando o chocolate está quase acabando, quando cada um deles tem apenas um pedacinho sobrando além dos dedos para lamber, volto à minha bolsa e pego duas notas de cinco dólares.

— O negócio é o seguinte — mostro as notas. — São cincos paus para cada um ficar em seu quarto até dormir.

— Mas eu não estou cansada — diz Eczema.

E eu digo:

— Então finja que dorme. Se não, pego o dinheiro de volta e te denuncio sobre o chocolate.

A esse respeito, as crianças são como as prostitutas em tempo de guerra. Não há nada que não façam em troca de um pouco de dinheiro e uma barra de chocolate. Elas também querem ficar limpas com as autoridades.

Henry volta para a sala com um copo de vinho em cada mão. Coloca os cálices na mesinha do centro. Henry usa descansos para copos.

— Onde estão as crianças? — pergunta.

— Dormindo — respondo, e nós rimos à boa sorte.
Sentamos no sofá. Henry toma pequenos goles do vinho e diz:
— Eles gostam de você. Sei o que digo.
— Que bom! — Tomo, também, um gole do vinho. Henry tem o dom de saber escolher um bom vinho da prateleira da loja.
— Então. — Henry se recosta no sofá. — Diga-me. Como foi o seu dia? — Henry tem o que ele considera boas maneiras. Ele acha que é delicado perguntar sobre o meu dia, que seria rude saltar sobre essas frivolidades antes de investir sobre mim. Como se eu fosse achar indelicado se ele me empurrasse para o chão, uma das mãos levantando com violência a minha saia, sem antes me perguntar como tinha sido o meu dia. Max, também, sempre me perguntava sobre o meu dia, mas depois. Para Max, o interrogatório era pós-coital. Da mesma maneira que fumar um cigarro é coisa que você faz depois de fazer sexo. Nunca antes.
— Ótimo — digo para ele. — Meu dia foi ótimo.
E quer saber:
— Você não vai perguntar como foi o meu dia?
— Não — digo —, não vou perguntar como foi o seu dia. Pelo menos, não agora.
Finalmente, Henry desperta para um beijo. Suas mãos apertam meus seios, o que me faz gemer.
— Shhh — murmura Henry. — Você vai acordar as crianças.
Isso me aborrece. Alcancei aquela etapa da minha vida, aquela idade em que esperam que eu fique quieta para não acordar as crianças e, em sua carteira, o homem da minha vida carrega retratos dos filhos junto com a camisinha.
Deslizo do sofá para o tapete e fico de joelhos. Abro o zíper da braguilha de Henry, e depois de umas lambidas provocadoras ponho todo ele dentro da boca. Estou me divertindo, quando, sem mais nem menos, meu queixo estala e sinto uma dor excruciante

entre a mandíbula e o osso temporal, o deslocamento da articulação temporomandibular, e vejo estrelas. "Shhh", repete Henry, e pela segunda vez em dez minutos sou obrigada a controlar as reações do meu corpo ao estímulo físico, porque as crianças estão no quarto fingindo dormir.

Quando a dor diminui, o nível da depressão sobe, como se a dor e a depressão fossem duas irmãs numa gangorra. Uma depressão que vem da percepção de que estou envelhecendo, chegando a um ponto do qual não há mais volta. Culpo o tempo pelo ponto dolorido e pela interrupção da chupada.

— É assim — estalo os dedos. — De repente, está acontecendo. — Durante a noite, e isso é tão desagradável quanto seria descobrir que, não tendo mais controle sobre as suas funções, você está usando fraldas de adultos. — No meu próximo aniversário farei trinta e cinco anos. Trinta e cinco. — Dou uma risada. — Isto é metade de setenta. Estou no precipício, Henry.

E Henry pergunta:

— Quando é o seu aniversário?

Digo a ele a data do meu aniversário, mas Henry afirma que um queixo pode estalar em qualquer idade, mesmo quando se é jovem.

— Acho que você está fazendo uma montanha de um montículo, Lila.

— *Mogul*. Uma montanha de um mogul — digo num sussurro, para mim mesma.

— O que você disse? — Henry pergunta e digo para ele:

— Deve estar relacionado à idade, porque nunca havia acontecido. — Então desabafei: — Estou ficando com cabelo branco. Meu cabelo. Está ficando grisalho.

Henry se aproxima para dar uma olhada mais de perto.

— Não, não está — diz ele. — Você não tem nenhum cabelo branco.

Porque não quero que ele saiba de modo algum sobre Kevin, que é um assunto pessoal, digo:

— Estou ficando velha — choramingo e, como se fosse culpa de Henry, acrescento: — e não poderei mais me divertir.

— Puxa, obrigado — diz Henry malicioso, e se cobre com o travesseiro.

— Não é isso. Não é você. Estou me referindo a outra espécie de divertimento. As coisas que fazemos quando somos jovens. Quero me sentir jovem outra vez.

— Está certo — Henry concorda. — Não ter nenhuma preocupação neste mundo. Os inocentes, os anjinhos, e tudo o que fazem é brincar. Como os meus filhos.

— Não — digo. — Não tão jovem assim. — Não tenho interesse em ser criança, e imagino quantas preocupações Henry possa ter. — Quero de volta o tipo de divertimento de uma época fantástica — digo a ele — mas que, agora, não teria a mínima graça.

Quero dizer com divertimento perambular pela Europa e dormir em albergues para jovens, que jamais tinham banheiros privados. Ficar andando na Washington Square Park tolamente, como um deficiente mental. Pintar meu cabelo de azul neón. Trepar com onze rapazes diferentes no espaço de uma semana, e tomar vinho barato até vomitar nos meus sapatos. Esse tipo de divertimento.

Para não falar em todas as coisas divertidas que não fiz, e que, agora, é muito tarde. Já passei da idade de ser uma bailarina, uma estrela do *rock* ou dançarina *topless*.

É como se eu estivesse vendo o tempo voar, como Salvador Dalí pintou um relógio com asas. Quero alcançar o tempo e agarrá-lo. Quero guardá-lo no recôndito do meu peito, como se pudesse sustar o relógio do tempo, da maneira como posso sustar a respiração. Henry põe a mão no meu ombro:

— Você está bem? — pergunta ele. — Você parece que vai chorar.

— Quero fazer algo divertido — digo para Henry, e, para minha surpresa, ele tem um plano. Ele oferece uma chance de recuperarmos as coisas perdidas. Minha juventude e as jóias da mãe dele.

— A minha mãe ainda não estava morta quando tia Adele veio e levou todas as suas jóias. Ela disse que as jóias eram dela e que minha mãe tinha pedido emprestado, o que não era verdade. Minha mãe não teria pegado emprestado uma xícara de açúcar da irmã dela. Adele roubou aquelas jóias, e eu estava muito deprimido na época, para fazer qualquer coisa.

Embora algumas pessoas possam encarar essa história com ceticismo, sei por experiência própria que a morte atrai o ladrão.

Uma vez por mês, Henry e as crianças almoçam com tia Adele. Para Henry é cumprir uma obrigação social. Para as crianças, é uma tortura. Ele sugere que eu os acompanhe na próxima vez, que é no dia seguinte. Juntos, podemos resgatar as jóias de sua mãe.

— Agora? — pergunto. — De repente, você quer embarcar na onda do crime?

Depois de uma pausa, para aumentar o efeito dramático, Henry me diz:

— Não seria a primeira vez. Quando eu era criança, doze ou treze anos, meu amigo Marsh e eu invadíamos apartamentos. Apartamentos dos vizinhos. Arrombávamos e entrávamos. Esperávamos para ver quem saía e entrávamos. Pela janela.

Talvez haja uma certa afinidade entre mim e Henry, afinal de contas. Quando tinha doze ou treze anos, eu era uma perfeita ladra de lojas, que poderia ter se tornado uma profissional. Ação reflexa e como meus dedos eram feitos de fitas adesivas. Da Lord

& Taylor a Bonwit Teller e Woolworth, eu pegava cosméticos, bijuterias, echarpes e berloques. Apenas para me divertir, porque eu não queria nada, e a maioria do saque era inútil e acabava sendo atirada no lixo, assim que chegava em casa.

— O que você roubava? — pergunto para Henry. — Dinheiro? Televisões? Antigüidades?

— Nada. Nunca levamos nada. — Henry explica que estavam atrás da emoção de entrar e vasculhar a intimidade alheia. Tocar nos sutiãs e calcinhas. Às vezes tinham sorte e encontravam um número da revista *Penthouse*, ficando tontos com as das castores.

Max, certa vez, roubou algo. Um abacate. De um supermercado de frutas coreanas, e foi pego em flagrante.

— Não tenho idéia de por que fiz aquilo — disse ele. — Nunca compreendi qual foi o impulso que tomou conta de mim, mas escolhi um abacate e, quando ia para a caixa registradora, guardei no bolso da jaqueta em vez de pagar por ele. Nem era um abacate bom. A casca estava machucada, então o miolo devia ter manchas marrons. Foi muito humilhante quando o homem me parou na porta e tirou o abacate de dentro do meu bolso. Por sorte minha, ele não chamou a polícia.

Quando acabei de rir, disse para Max:

— Isto é Nova York, Max. Ninguém vai chamar a polícia por causa do roubo de uma fruta.

Extremamente excitada com a perspectiva do risco, disse para Henry:

— Pode contar comigo. — E fiquei imaginando que talvez pudesse, realmente, amar Henry.

19

poesia catálogo: Termo usado para descrever listas de pessoas, lugares, coisas ou idéias que têm um denominador comum, tais como heroísmo, beleza, morte, com intenção artística, tal como aludindo, por exemplo, à devastação de uma guerra. Tem sido usado por extravagância ou porque um poeta quer apreciar o som de determinada espécie de palavra, como, por exemplo, a lista das jóias em *Parzifal*, de Wolfram von Eschenbach.

O PORTEIRO ANUNCIA A NOSSA CHEGAda com um floreio que combina com os enfeites dourados do seu uniforme, e meus saltos produzem um clique-claque no chão de mármore. Atrás de nós, as crianças caminham desanimadas, como se, andando devagar, talvez nunca chegassem lá.

Adele dá um daqueles quase beijos e um leve abraço, sem realmente pressionar carne contra carne.

— Henry — diz ela —, não sabia que ia trazer uma amiga. Que surpresa agradável — ela fala de uma maneira que é, na verdade, uma reprimenda a Henry. Aperta a minha mão com a ponta de três dedos, e tem cheiro de talco e lavanda.

— Lila — eu me apresento. — Lila Moscowitz.
— Lila é uma poeta famosa — diz Henry. — Talvez tenha ouvido falar sobre ela?

Adele fica um momento com o dedo indicador na têmpora como se estivesse pensando:

— Não — diz ela. — Não me lembro desse nome. Definitivamente não. — Então, volta sua atenção para Pólipo e Eczema. Lembra a eles para não tocarem em nada.

Adele tem mais bugigangas do que restou a Henry, após a queda. A casa poderia ser uma loja, o tipo de loja especializada em figuras de animais de cristal e pratos raros. As paredes são cobertas de estantes do chão ao teto com preciosos *tchotchkes*. Em cima das mesas, as bugigangas estão apertadas umas às outras. Os *Hummels* mal têm espaço para respirar.

Alegando que precisa se lavar, Henry me deixa sozinha com a tia e as crianças. Pólipo pergunta se podem ver televisão, e Adele diz:

— Sim. Podem ir assistir a televisão, mas não coloquem os pés no sofá. — Elas voam para a TV e Adele volta-se para mim, dizendo:

— Eles são tão mal-educados, mas suponho que, hoje em dia, todas as crianças sejam assim. — Adele tem uma papada, daquelas de peru, embaixo do queixo, e está usando uma peruca que está torta.

— A senhora tem coisas lindas aqui — digo. — Como consegue limpar a poeira?

— Tenho uma menina — responde Adele. — Uma moça negra, você sabe. Ela vem duas vezes por semana. Não se consegue mais, hoje em dia, alguém que durma no emprego — diz ela, como se nós concordássemos com o perigo de ter uma empregada que dorme no emprego e os horrores dos tempos modernos

Como para preencher o espaço vazio na conversa tola, Adele tira, da estante mais próxima, uma árvore de quinze centímetros, esculpida em jade. As folhas, feitas de sementes de pérolas, estão presas com fios de ouro.

— Compramos isso na China — diz ela, como se eu tivesse perguntado. — Meu falecido marido e eu viajamos pelo mundo inteiro.

— Que bom — digo. — Meu falecido marido e eu nunca fomos a lugar algum.

Adele não está disposta a deixar que a minha desventura interrompa o que está dizendo.

— Oh, sim — diz ela. — Qualquer lugar que você possa imaginar, nós estivemos lá. Qualquer lugar, exceto a Rússia.

Quando Adele diz *Rússia* acho que não está se referindo à Rússia que conhecemos hoje. Acho que se refere à antiga União Soviética. Este é um daqueles casos em que, mesmo que não faça nada, você é envolvida pelos acontecimentos.

— Meu falecido marido — ela me diz — recusou ir à Rússia porque não queria dar nosso dinheiro àquele povo.

— Aquele povo?

— Os comunistas. O povo comunista — ela me diz, como se eu fosse a débil mental ali.

— Mas vocês foram à China — observo. — Os chineses são comunistas — e o rosto de Adele fica branco, tão desprovido de expressão quanto um prato de louça branca. Ou ela não sabia que os chineses eram comunistas ou não sabia que eles eram um povo. Um dos dois. Pediu licença para ir ver o suflê e colocar outro lugar na mesa.

— Não sabia que Henry ia trazer um convidado — diz ela, encerrando a discussão.

Tendo procurado no quarto, Henry volta para o meu lado.

— Não encontrei nada — murmura. — Lá está cheio de trastes.

Resmungo o quanto Henry é inábil nesse negócio de roubo e digo:

— Deixa comigo. Eu faço isso. Depois do almoço.

A mesa de jantar está arrumada como se fosse para uma refeição formal. Cada lugar tem três garfos, duas colheres, duas facas, pratinhos para manteiga, uma taça de vinho e copo para água. O suflê é de queijo. Bolinhas de queijo derretido exibindo o espectro completo de uma laranja. O acompanhamento é de pãezinhos de canela com uma camada de glacê de açúcar. Só de olhar para eles meus dentes doem. As crianças reclamam de ter de deixar a televisão. Talvez algo de errado tenha acontecido na cozinha. Ou talvez seja isso mesmo o que ela quis servir, porque não se desculpa pela maçaroca de queijo que serve no meu prato.

Deve ter sido a maneira como recuei da mesa, como se ela estivesse servindo excremento de vaca, que a fez dizer rapidamente:

— O seu povo pode comer queijo? Se eu tivesse sabido que você viria, teria feito uma pesquisa antes. Avisada com antecedência, eu teria procurado saber. — Adele tem orgulho de sua habilidade como anfitriã e de suas maneiras internacionais, de como sabe fatos engraçados sobre os estrangeiros. — Sei que vocês têm regras em relação aos alimentos.

— Oh, nós podemos comer queijo — eu lhe digo. — Exceto aos sábados. Não podemos comer queijo aos sábados.

— Eu não como isso nunca — diz Pólipo, cobrindo o prato com o guardanapo.

— Eu também. — Eczema imita o irmão.

Adele cai em si:

— Mas hoje é sábado.

— Oh, céus, hoje é sábado — digo. — Bem, não tem importância. Vocês apreciem o almoço. — As crianças ficam satisfeitas em lamber os pãezinhos de glacê de canela, e eu peço licença e me levanto da mesa. — Preciso ir ao banheiro — digo. O guardanapo em meu colo cai no chão.

Como as colunas dóricas, quatro manequins de perucas adornam a penteadeira no quarto de Adele. Três delas são rematadas com um festival de cachinhos. Cachinhos castanhos, a quarta está careca. Eu presumo que é como Adele é. Minha mãe também usava peruca. Depois da quimioterapia, o cabelo de Bella caiu. "Pareço uma galinha pelada", ela me disse, e chorava copiosamente a sua perda.

Vidros de creme cobrem a superfície da mesa. Creme para a pele, creme para as rugas, creme para os olhos. Amaciantes para mãos. E um grande recipiente contendo uma maçaroca que faz desaparecer as manchas de fígado.

A cama de dossel de Adele é coberta com folhos franzidos de organdi branco, uma profusão de travesseiros de renda e três bonecas. Bonecas feitas para colecionadores, não para crianças. As bonecas de Madame Alexander, que me assustavam. Como famílias de espíritos ou demônios, elas parecem mortas.

Abro um dos armários de Adele e sou assaltada por uma quantidade de roupas cor-de-rosa e salmão. Da gaveta de cima do armário saem babados. Camisolas e casaquinhos no mesmo esquema de cor pastel das suas roupas. Adele e o seu quarto são um tributo ao fofo e ao desespero.

Perco o entusiasmo de achar as jóias roubadas. Em vez disso, fico olhando só para ver o que mais tem ali. Como se numa dessas gavetas houvesse um poema para mim. Uma elegia seria a escolha óbvia, mas gosto da idéia de uma ode. Uma ode de Pindaric, com as perucas como coro, e abro a terceira gaveta de roupas.

Aquilo pode ser o saque de um galeão espanhol ou de uma câmara mortuária em Auschwitz. Uma caixa de jóias. Colares de pérolas e cordões de ouro todos emaranhados. Braceletes manchados incrustados com rubis e safiras. Um anel faltando as duas baguetes em cada lado da esmeralda do tamanho do meu globo ocular. Brincos de diamantes separados de seus pares. Muitas pedras soltas. Pego um camafeu. Um camafeu igual ao que Anna Mason usa. Um camafeu da virada do século. O estojo está quebrado.

Ninguém ama Adele. Até Henry, seu único parente vivo, não gosta dela. Absolutamente ninguém, e a mulher acumula ouro e gemas como se isso significasse que ela tem alguma coisa de valor. Fecho a gaveta e volto à mesa.

Adele se levanta para fazer o café. Eczema está chutando a perna da cadeira e Pólipo quer saber se já podem se levantar.

— Logo — Henry promete a ele, e eu digo para Henry:

— Não estão lá. — Enfio a mão no bolso e pego o camafeu quebrado. — Ela deve ter uma caixa no banco — digo. Henry vai ter de esperar até Adele morrer para descobrir onde estão as jóias da sua mãe e eu, tendo pegado apenas o camafeu quebrado, não recuperei nada da minha juventude perdida. Como Max com o abacate, escolhi algo quebrado e de pouco valor.

20

pergunta épica: Na antiga poesia épica, depois de o tema do poema ser anunciado, a musa, como deusa protetora do poeta, é, às vezes, questionada sobre o que originou a ação. A resposta, então, oferece uma maneira conveniente para o poeta começar a narrativa.

L<small>EON ESTÁ USANDO UM VESTIDO CINZA</small>-pombo com botões dourados na frente, meia-calça de náilon e discretos sapatos de couro preto de boa qualidade. Como se ele trabalhasse numa companhia. Ou fosse vice-presidente de um banco, ou melhor, assistente do promotor público, porque, muito à vontade, ele está fazendo perguntas:

— Não entendi muito bem. Você teve ou não teve a festa de dezesseis anos?

— Não — respondo.

Leon observa:

— Quando é aniversário comum, você quer saltar em todas as paradas, mas quando chega no marco mil — seus dezesseis anos e seu casamento — você foge das celebrações. Por que você acha que isso acontece?

— Eu não fiquei exatamente assustada na celebração dos meus dezesseis anos — digo para ele.

A festa dos meus doces dezesseis anos já estava montada e pronta para rolar. O lugar escolhido — o restaurante cantonês de Ling Tung, que tinha o estilo de um pagode —, a data — sábado, 26 de setembro —, a hora, o cardápio — um bufê com ovos empanados, costelinhas, croquetes de carne ou galinha e ovinhos *foo yungs* — tinha sido escolhido cuidadosamente e fora bem calculado. Os convites estavam sendo impressos na papelaria quando o convite de Mindy Leffert chegou, nada menos do que escrito à mão, convidando seus queridos amigos de dezesseis anos para juntar-se a ela para jantar e dançar no Lenord's de Great Neck no sábado, 26 de setembro. Quem podia competir com isso? Não seria eu com a minha miniatura de ovos empanados. Então suspendi minha festa e passei o meu aniversário de dezesseis anos de bruços, na minha cama, chorando e socando meu travesseiro.

— Você sempre chora no seu aniversário — diz Leon, mas não consigo discernir se ele está afirmando isso ou está me perguntando se é assim.

— Não todo ano. Não os dois últimos, mas é definitivamente uma tradição — digo. — A começar pelo primeiro de todos, eu chorei.

— Você não se lembra do seu primeiro aniversário. — Leon não acredita.

Peço licença para discordar.

— Oh, lembro-me perfeitamente. Não do dia, mas das fotografias. — É assim que a memória funciona. Não nos lembramos dos acontecimentos em si, mas das fotos do acontecimento e de como foram recontadas depois. Conseqüentemente, toda memória é indelével mas também distorcida pela lentes da câmera ou como no jogo em que cada um vai passando a história adiante a seu modo.

Em princípio, uma foto minha no primeiro aniversário é muito importante. Como primeiro aniversário, não quero dizer o dia do meu nascimento. Prefiro dizer o dia que fiz um ano, não contando o tempo que estive no útero. Não tiraram fotos na ocasião do meu nascimento, o que é uma pena. Daria tudo para ter esse tipo de documentação. Ou, melhor ainda, da maneira como é feito agora, um videoteipe de todo o episódio. Oh, ter visto o rude acordar, e saberia eu, desde o princípio, que um horrível engano fora cometido? O acidente do nascimento. A caprichosa roda da fortuna. Facilmente você podia ter sido outra pessoa. Eu poderia ter sido Caroline Kennedy ou a princesa Stephanie ou Anne Frank. Como está, jamais vou saber se entrei no mundo num estado de confusão ou num acesso de fúria. O ressentimento apareceu na minha expressão de recém-nascida ou fui tangida como um inocente carneiro, ignorante do erro cósmico perpetrado?

— Teria sido ótimo, poder ver isso. Meu nascimento — digo para Leon, saudosamente.

Porque ele esperava isso de mim, criei uma narrativa dos fragmentos de memória da fotografia do meu primeiro aniversário.

A de que me lembro melhor estava amarelada. Não necessariamente devido ao tempo, mas porque a qualidade da revelação era ruim e os melhores detalhes estavam manchados. A essência, entretanto, permaneceu. Eu tinha na cabeça um chapéu em forma de cone de papel. Como uma carapuça para aluno vadio. Um chapéu para idiotas. Um chapéu de festa que tinha semelhança com um dos seios de Annette. O elástico embaixo da pele macia do meu queixo de bebê firmava-o e mantinha-o reto. Um bolo foi posto na minha frente. Com uma única vela no centro. Eles me vestiram com uma túnica cor-de-rosa com babado que contrastava com a cor vermelha de raiva de minha pele. Eu esperneava, queria arrancar tudo. Os ouvidos e a cabeça doíam tanto que a dor penetrava na pele e na alma, dificultando a minha respiração.

— Por que você acha que estava tão triste? — pergunta Leon.
— Tem alguma idéia?
— Triste? — zombei. — Eu não estava triste, Leon. As lágrimas que chorei naquele dia eram lágrimas geladas. Frias e saindo fumaça como uma respiração no ar gelado. Era fúria. Não sofrimento.

Leon empurra o cabelo para trás das orelhas e mostra uma bola de ouro em cada lóbulo.

— Mas — pergunta ele —, por que você ficou tão zangada?
— e eu observo:
— Leon. Você furou as orelhas? Você não me disse nada.
— Sim. — Leon levanta os olhos para o céu como pedindo ajuda. — É, furei as orelhas. Agora, pára de fugir da pergunta. Por que você acha que estava tão zangada?

Encolho os ombros. Honestamente, não sei a resposta àquela pergunta, e revelo a única pista que tenho:

— Certa vez perguntei à minha mãe e ela me disse que não tinha sido nada, eu só queria atenção.

Uma coisa que Bella gostava de repetir sobre mim era como eu tinha sido um bebê bonzinho.

— Lila — ela costumava dizer — era um bebê muito bonzinho. Não era como os meninos. Eu a punha no berço, podia deixá-la sozinha o dia inteiro e ela não dava nem um pio.

Minha mãe jurava que até os nove meses eu nunca tinha chorado. Nem uma vez. Por qualquer motivo. Talvez tenha sido esse o meu primeiro erro. Eu devia ter chorado então. No começo.

— Querer atenção é normal — comenta Leon.
— Falando sério, Leon. — Então, acrescentei: — Elas estão ótimas. Suas orelhas furadas. Dá um toque diferente.
— Obrigado. — Leon sorri, mas continua em cima. Não tem a mínima intenção de me deixar fugir pela tangente, Leon insiste: — A fotografia, Lila. Nós estávamos falando da fotografia. — Então Leon olha para o relógio. O tempo terminou, é uma frase da qual eu gosto cada vez menos, ultimamente. — Por que você não traz a fotografia na próxima semana? Gostaria de vê-la.
— Eu ficaria feliz em agradá-lo, mas não é possível, Leon. Foi perdida — digo para ele. — Para sempre. Na lixeira.

Depois que minha mãe morreu e meu pai foi morar no condomínio na Flórida, Goneril e Regan pouparam-lhe a função dolorosa de remexer no tesouro da família. Elas tinham experiência com esse tipo de coisas, guardando o trigo e descartando o joio. O que não tivesse valor econômico ou não fosse obviamente de natureza prática era atirado no lixo. E foi aí que perderam. Se elas me tivessem feito uma oferta, eu teria pago generosamente por aquela fotografia, a prova positiva das necessidades malogradas e do amor não atendido.

21

pantum: (originário da Malásia). Poema de extensão indeterminada, composto de quadras, no qual o segundo e o quarto versos de cada estrofe servem como o primeiro e terceiro da próxima e este processo continua até a última estrofe. Nesta quadra, o primeiro verso do poema também aparece como o último.

SENTADA À MINHA ESCRIVANINHA, PASSO em revista minha correspondência, o que é um momento de suspense no meu dia, porque não se sabe nunca o que pode aparecer. Um prêmio, uma distinção, um privilégio, um milagre, embora isso aconteça pouco. Tenho aqui a conta do condomínio, a conta do telefone e um pedido para um poema vindo de uma presunçosa revista literária que se chama *Smashing Sonnets*, nome que não seria totalmente idiota se *smashing* fosse um adjetivo. Como um adjetivo teria sido meramente anglófilo. Como em "Oh, querida você escreveu um *smashing sonnet*. Simplesmente divino". Céus, os editores tornam claro que o seu *smashing* é um verbo. A carta descreve sua missão de "eliminar todas as tradições da escrita incluindo romper com definições obsoletas", o que os torna uns tolos ridículos. Não posso ser perturbada com isso. Não tenho paciência para educar jovens, para explicar que o obsoletismo da definição confere à sua carta um tom afetado.

A seguir, abro uma carta da minha amiga Sarah, que se sente muitíssimo miserável desde que foi atraída para uma universidade estatal de Novaark, com a promessa de um cargo vitalício como isca. A correspondência traz, também, uma convocação para fazer parte do júri da Suprema Corte do estado de Nova York. Deve-se admirá-los pela persistência.

Mas não posso ser jurada agora. Faltando apenas um mês para o verão terminar, não é hora de perder duas semanas sentada, cumprindo o dever de um jurado. Jogo a convocação na cesta de lixo.

Como qualquer outro cidadão da cidade de Nova York, já deixei de atender inúmeras convocações para ser jurada. Como um grupo, nós, nova-iorquinos, não gostamos da perspectiva de perdermos duas semanas das nossas vidas pelo privilégio de participar do sistema, recebendo doze dólares por dia. Falando francamente, quando a intimação chega, tratamos isso como se fosse uma circular da Kmart, o oposto a um documento oficial da pedra angular da justiça americana. É, freqüentemente, assunto para um bate-papo num coquetel comentar sobre por que o dever de jurado é desprezado.

Na maioria das vezes, deixo de ir quando sou chamada porque tenho outras coisas mais importantes a fazer. Agora, por exemplo, não posso ir porque talvez comece a dar aula dentro de poucas semanas. Vamos que eu tenha de preparar os esquemas dos cursos e outras coisas mais? Eles não podem esperar que eu interrompa as minhas férias. Certa vez, fui chamada quando já havia marcado, com antecedência, uma hora para tingir meu cabelo e não podia, simplesmente, cancelar um compromisso com Kevin. Isso não se faz. Fui intimada para ser jurada quando tinha que fazer conferências fora do estado, e, também, quando eu morava em Washington Heights e portanto era impossível ir a qualquer lugar.

Houve duas convocações para júri que tive intenção de ir, mas, nesses casos, freqüentemente, as boas intenções são frustradas. A primeira vez foi quando conheci Max, e o destino tinha outra coisa guardada para mim, e então houve aquela outra vez quando eu estava preparada para cumprir minhas responsabilidades cívicas. Acertei meu despertador e fui até o armário para escolher uma roupa, para evitar de ter de escolher de manhã, quando não estou muito disposta e poderia escolher uma roupa no estilo *fashion pas*. Dora veio para junto de mim e escolheu um vestido de veludo vermelho para coquetel. Dora é louca por veludo, e, outra vez, tive de explicar a ela que as mulheres não se vestem mais com tanto apuro quanto costumavam fazer, o que faz Dora ficar triste e eu também. Em seguida, Dora me segue até a estante. Preciso pegar um livro para levar. Estella levanta do sofá para se intrometer no assunto. As poucas pessoas minhas conhecidas que prestaram serviço de jurado fazem a mesma coisa. Levo um livro, sou precavida. Material para ler é imprescindível, porque você fica sentada horas sem fazer nada.

Estella escolhe *The Portable Dorothy Parker*, que deixa cair nos meus pés. Já lhe pedi que não atire meus livros por aí, como se fossem bagulhos. Eu o peguei e folheei. Estella fora sempre uma grande admiradora de Dorothy Parker. Quando leu minha poesia, Estella disse que não era de todo muito ruim, mas que eu não era uma Mrs. Parker, disso tinha certeza. Coloquei o livro na estante, e Estella sumiu num acesso de raiva.

Quando estava começando a ser reconhecida como poeta, fui convidada a fazer uma leitura no College of Mount Saint Vincent, que fica em Riverdale. O lado elegante do Bronx. A experiência já havia me ensinado que, se for ler para estudantes, tinha de ser poemas pornográficos. Os estudantes gostam de literatura de sacanagem. Como se a exposição do sexo em forma de arte os tornassem boêmios e maduros.

O ônibus foi pela região do Riverdale do Bronx e entrou num engarrafamento causado por um Audi que enguiçou na pista da esquerda. Consultando o relógio várias vezes, eu reclamava e xingava do meu lugar, como se isso fosse fazer o ônibus se mover.

Correndo do portão do colégio até o auditório, meus seios balançavam sob o meu suéter preto e minhas bijuterias também balançavam, miniaturas de cestas de frutas cheias de pequeninas bananas de vidro, cerejas e laranjas, que continuaram a balançar quando empurrei a porta e entrei. Quase todos os lugares estavam ocupados e me defrontei com as nucas das pessoas. Não cabeças comuns, mas cabeças cobertas por uma touca azul-marinho debruada de branco, e derrapei, parando abruptamente. É como se vê nos desenhos animados de sábado. A fumaça deve ter saído dos meus saltos. Mount Saint Vincent era um colégio católico. Eu sabia disso. Saint Vicent e tudo que vem junto, mas tinha esquecido. Esqueci das freiras, e mais ainda das suas terríveis meninas católicas, de como elas aterrorizavam as pequeninas meninas judias, de uma forma que o passar dos anos não conseguiu fazer esquecer.

Tal situação me oferecia duas escolhas. Voltar-me e correr como tinha vindo, como num filme sendo rebobinado, ou ler o poema pornográfico numa sala dominada por freiras.

Li o poema pornográfico para as freiras, e depois, na recepção que se seguiu, em que tentei me esconder atrás de uma coluna, uma freira baixa e redonda se aproximou de mim. Tinha uma cruz de prata com Jesus crucificado pendurada no pescoço. Metade de mim esperou que ela tirasse o crucifixo e o apontasse para mim, para exorcizar o demônio. À maneira como aparece nos filmes, para abater os vampiros. A outra metade esperava que ela fosse me bater nos nós dos dedos com uma régua. Em vez disso, ela sorriu. Não beatificamente, como se pode pensar, mas de um modo travesso, como se estivesse criando coragem não para ser uma santa, mas um diabrete de santa.

— Você foi maravilhosa — disse ela. Seus olhos refletiam o prazer da malícia.

Meu alívio foi tal que teria beijado a orla do seu hábito se ela estivesse usando um, mas aquela freira tinha trocado o hábito pelo tipo de roupa que Leon usava. Uma blusa branca pregueada e uma saia cinza que ia até os joelhos. Não era uma área própria para eu beijar, em público, uma freira.

— Você sabe — disse ela para mim —, quando se trata de pecado deixo Dante ser meu guia. Meu Virgílio, por assim dizer. Dante compreende o pecado. Os pecados da carne são menores. Insignificantes. Quase não são pecados. São mais uma transgressão. Mas veja a hipocrisia — ela balançou o dedo indicador à simples menção da palavra. — Hipocrisia, isso sim, é o mal. E por falar nisso, adorei seus brincos.

Um surto de afeição por aquela freira surgiu dentro de mim. Aquela freira que gostava de poesia pornográfica e jóias. Aquela freira que queria assar a hipocrisia como castanhas num fogo temperado, e foi com ela em mente que eu tirarei *O Inferno* da minha estante. Era o livro adequado para levar para a função de jurado, para ler enquanto esperava para julgar os pecados alegados a um outro homem.

Tendo subido à superfície, saindo do metrô para a luz brilhante da manhã, parei na esquina da Chambers Street com West Broadway para me orientar. Olhei para a esquerda, para a direita e, então, escutei uma voz. Uma voz muito conhecida, como se fosse

o eco de um corpo desencarnado. "Siga pela West Broadway North", a voz disse, e mais do que depressa, eu me voltei. Não era uma voz ao vento. Era Max. Meu Max. Em carne e osso.
— Max! — exclamei. — Isto é tão engraçado. É uma coincidência, você nem vai acreditar. Adivinhe para onde estou indo? Vou ser jurada. Que coincidência interessante.
— Sim — disse Max. — É realmente uma coincidência.

Como um estrangeiro naturalizado, Max estava isento da função de jurado e há muito tempo tinha terminado o projeto da parte baixa de Manhattan. Os seus mapas do centro já constavam dos guias de informação de turismo e se espalhado por toda a cidade de Nova York, e por isso eu perguntei:
— O que o traz aqui?
— Você — disse ele. — Você me trouxe aqui. Tenho algo para você. — Colocando a maleta no topo de um lata de lixo como se fosse uma tampa, ele abriu a pasta: — Você tem de assinar aqui.

Os papéis do divórcio. Divórcio não-culposo, o que, de certa forma, era decente da parte dele. Não-culposo, considerando como ele poderia ter colocado montes de erros aos meus pés. Que ele não me culpasse de abandono, era o mínimo. Sem falar da crueldade mental e quebra de promessa. Ao contrário, ele foi galante. Não-culposo. Não culposo. Não foi culpa de ninguém. Nós dois poderíamos ir embora livremente. Está terminado. Pronto, acabou. Como se isto nunca tivesse acontecido e não por minha culpa nem dele. Eu deveria me sentir aliviada.
— Qual é a pressa? — perguntei. — Estamos separados há apenas o quê? Cinco ou seis meses?
— São doze meses, uma semana e três dias. — Um cálculo de minutos. — A pressa, como você diz, é porque estou indo embora de Nova York. Estou me mudando para a Califórnia — que ele pronunciou Cal-ii-fórnia.

— É Califórnia. O i curto. — Dei um sorriso que ele não retribuiu.

— Seja o que for — disse ele. — Estou me mudando para a Califórnia para morar em Los Angeles. Temos um escritório lá. Em Los Angeles. — Por *nós* Max queria dizer Rand McNally, a companhia para a qual ele desenhava os mapas, pessoas que lhe pagavam para desenhar linhas na areia. O *nós* não tinha mais nada a ver conosco, comigo e com Max.

— Se você pudesse assinar os papéis agora — disse ele —, eu ficaria muito grato. — Max estendeu uma caneta para mim.

— Como salmão — disse eu tristemente, enquanto assinava os papéis, e Max perguntou:

— Como quem? Do que você está falando?

— Somos como os salmões. — Percebi que ele não tinha entendido, então falei bem explicado: — Salmão. Que você pode comer defumado ou com molho de ervas. Salmão. O peixe. Quando eles estão para morrer, retornam ao lugar do nascimento. Terminam onde começaram.

— Sim — disse Max. — Nós fechamos o círculo.

Naquele mesmo ponto, que marcara nosso começo, encontramos nosso fim. Ali estávamos nós dois, aparentando não ter lembranças. Como se não ligássemos a mínima. Um par de hipócritas, como se o que eu tinha assinado não significasse o fim do meu amor, mas algo sem importância.

Enquanto o via se afastar, pensei: "Talvez ele volte. Talvez dê a volta no quarteirão e volte para mim." Esperei na esquina da West Broadway com Chambers até que o sol começou a se pôr, e me perguntei, então, a que círculo do inferno tínhamos chegado e nos tornado malditos.

elegia: Dísticos consistindo em um hexâmetro seguido por um verso pentâmetro. Geralmente formal no tom e dicção, sugerido tanto pela morte de uma pessoa ou pela contemplação do poeta dos aspectos trágicos da vida. Em ambos os casos, a emoção, originalmente expressada como um lamento, acha consolo na contemplação de alguns princípios permanentes.

Foi enquanto estava sob um raio da luz da manhã de uma quinta-feira que liguei, pela última vez, para Bella. O tipo de luz matinal que se mostra com mais freqüência na memória e nos sonhos, como se atravessasse uma cortina transparente, e fragmentos dessa luz salpicavam as árvores do lado de fora da minha janela. Foi Goneril que atendeu o telefone. Duas vezes por semana, eu ligava para ver como minha mãe estava passando. Nos domingos e nas quintas-feiras, eu bancava a boa filha, a filha zelosa dos seus deveres perguntando pela saúde e felicidade de sua mãe.

Tendo feito tudo o que podiam por ela, no hospital, médicos e administradores lavaram as mãos e mandaram minha mãe para casa, onde, contra todos os prognósticos, ela melhorou e floresceu como uma planta perene. Parecia estar morrendo e, então, voltou à vida. Muitas vezes ela se sentia muito bem, e se aventurava a ir à manicure ou ao Manny's Wig Shop porque ela odiava ser uma loura, e outras vezes para fazer ondulação. Ela dançou no *bar mitzvah* do filho do Rosemberg, embora não suportasse Gail Rosemberg, que morava ao lado. Foi com uma mistura de emoções que aceitei a idéia da possibilidade da recuperação de minha mãe. Primeiro tinha medo que ela fosse morrer, depois, tinha medo que ela não fosse morrer.

— Goneril — disse eu —, quero falar com a minha mãe.

— Quem deseja falar, por favor? — disse minha cunhada idiota, e eu perguntei:

— Quem mais chama você de Goneril? É Lila — acrescentei, porque, pensando melhor, nunca se sabe.

— Você está um pouco atrasada, não acha? Ninguém vai perdoá-la jamais — ela me disse.

— Perdoar-me por quê, desta vez? — Eles estavam sempre zangados comigo, aquela turma, por uma razão ou outra.

— Por quê? — Com a respiração entrecortada, Goneril exclamou: — Você tem coragem de perguntar por quê?

— Sim — disse eu. — Tenho coragem de perguntar por quê. O que eu fiz agora que foi tão terrível?

— Você não foi ao enterro de sua mãe, e tem a ousadia de... — Ela bufava como um planador sem gasolina.

Bella tinha morrido na terça-feira, quando eu estava com Leon, mas ninguém me avisara. Ninguém ligou para mim para dizer que a minha mãe estava morta. Nem meu pai, nem meus irmãos ou minhas cunhadas, nem mesmo a minha tia Mitzie, uma pessoa em que você podia confiar quando se trata de espalhar uma fofoca.

Judeus, mesmo da espécie de judeus piegas que trocavam o nome Moscowitz para Morse, não esperam o corpo esfriar antes de enterrá-lo. Não fui ao enterro da minha mãe porque ninguém pensou em avisar-me que ela morrera, mesmo tendo ligado um dia depois.

— Alguém deveria ter me avisado — eu disse para Goneril, e ela respondeu:

— Isso não é desculpa.

Minha família fez *shivah* da maneira pela qual eles faziam todas as coisas judias — um *shivah* no estilo americano, que é um ficar sentado meio híbrido entre um serviço funerário e um assado. Se a família Morse tivesse de ser identificada com qualquer grupo de judeus, seria com o da Reforma, que tem mais em comum com a nação iroquesa do que com o judaísmo ortodoxo. Não havia traço do velho mundo judeu no seu sofrimento. Eles se sentaram no sofá e nas poltronas e ninguém sentou no chão. Os espelhos não foram cobertos com panos pretos, e o bolso do casaco do meu pai ficou intato, quando deveria ter ficado rasgado durante o luto. Ele e meus irmãos estavam barbeados e Goneril e Regan estavam todas embonecadas. Isto é, embonecadas para elas. Nenhuma das meias-irmãs era o que eu chamo de elegante, mas ambas usavam batom, base e uma pulseira de ouro pendia do pulso de Regan. Um bracelete. Goneril tinha um broche de rubi e pérolas preso ao suéter de cardigã.

Na sala de jantar, uma mesa estilo bufê tinha uma quantidade de comida que poderia alimentar o povo do Chade. Um rosbife do tamanho de um bebê, dois perus, uma grande quantidade de salada de batata, salada de frutas, salada de repolho. Podia-se escolher pão de centeio, pão de cevada, pão dos sete grãos e enrolado de *kaiser*. Sem falar no empadão de salada de galinha, nas pastas de queijo Cheddar, e no presunto cozido guarnecido com fatias de abacaxi e cerejas.

O porco, em todas as suas formas possíveis, não faltava na casa dos Morse. Comíamos sanduíches de presunto e havia sempre *bacon* à mão para acompanhar os ovos mexidos. Também comíamos camarões, lagostas e mariscadas, embora tivéssemos dois aparelhos de jantar. O de porcelana era para quando havia visitas, e os pratos de uso diário eram de cerâmica, quando não havia ninguém a quem impressionar. Guardar o *kosher* seria uma demonstração de piedade, mas, de acordo com os meus pais, isso mostrava ignorância. Bella gostava de argumentar que se Deus não quisesse que misturássemos carne e leite, lhe explicassem então por que havia um McDonald's em cada *shopping center*.

Puxei uma cadeira e juntei-me ao círculo, quando tia Mitzie estava terminando uma história engraçada sobre minha mãe. Eu já conhecia. Era a história de como ela havia ficado trancada no box do banheiro das mulheres da Lord & Tailor. "E vocês sabem como Bella era", disse Mitzie. "Em vez de pedir ajuda e arriscar fazer uma cena, ela deslizou naquele espaço de quinze centímetros entre a porta e o chão. Graças a Deus ela era muito magra. Isso é tudo o que eu posso dizer."

É isso o que eles fazem nesses meio-*shivahs*. Comer e contar histórias engraçadas sobre o morto. Lembrar-se dos mortos com alegria. Rir um pouco para lembrar-se de que você não está morto também.

Quase de joelhos e mãos postas, havia insistido para que Dora e Estella fossem comigo ao *shivah* da minha mãe. "Ela era sua sobrinha", eu disse, mas Estella se recusou firmemente. "Você sabe perfeitamente que nós não saímos." É uma espécie de lei de fantasma que aparições não andem de trem nem de carro. Que não saiam de sua morada, sob pena de se arriscarem a ir para o purgatório. "Além disso", Dora me recordou, "nós jamais gostamos de Bella."

Numa tentativa para fazer parte daquela família, que afinal de contas era a minha família, fiz coro:

— E aquele dia em que ela voltou do A & P com um pacote de seis latas vazias de Coca. Seis latas vazias. Parecia ter sido um erro da fábrica, mas, mesmo assim, perguntei-lhe como não tinha notado. Não pesavam nada. Seis latas vazias de alumínio são leves como o ar.

Todos pararam de comer e voltaram os olhos para mim. Como se eu fosse o foco da atenção de todos. Só que eu não era o foco de sua atenção, mas de sua indignação. Não só tinha a audácia de aparecer depois de ter faltado ao funeral, mas, também, de me intrometer no velório como se fosse realmente um membro da família.

— Que coragem a sua! — Tia Mitzie esticou com os dedos o grosso colar que tinha em volta do seu grosso pescoço vermelho. Como se estivesse controlando sua fúria.

— Acho que seria melhor para todos se você fosse embora — disse Howard. O filho de Mitzie cresceu para realizar seu sonho. Howard é um securitário da Allstate Insurance. Agite um pedaço de papel com um gráfico na frente dele e Howard fica morrendo de tesão.

Era melhor para eles me exorcizarem, me removerem da pele como se eu fosse uma verruga. Minha presença, tão tardia, os incomodava. Como se eu arranhasse a superfície do seu sofrimento.

Antes que alguém tivesse a chance de corroborar a atitude de Howard, pedi licença ao grupo fechado e fui andar pela casa.

Meu primeiro pensamento foi que ela tinha sido roubada, tal era o estado do quarto dos meus pais. Era como se enquanto a família estava lá na sala de estar ruminando os sanduíches de rosbife e as reminiscências, um ladrão tivesse entrado no quarto pela janela. As gavetas da escrivaninha estavam abertas. Como línguas penduradas. As mesinhas-de-cabeceira estavam reviradas e os armários estavam quase vazios. As coisas inúteis — a roupa de baixo e os sapatos, que não serviam para ninguém porque Bella tinha peitos enormes e pés diminutos — estavam empilhadas no chão. Goneril e Regan tinham estado lá antes de mim. A caixa de jóias tinha sido assaltada. Tinham esvaziado a caixa, e aquelas duas figuras haviam deixado para mim somente uma pequena bugiganga. Suponho que pode ser dito que minha mãe gostaria que fosse assim. Minha mãe adorava Goneril e Regan. Era aquela velha história.

Além dos dados genéticos, não havia muito que indicasse sermos minha mãe e eu ligadas pelo sangue. Não havia traços de minha mãe no meu rosto. Eu não tinha a cor castanha do seu cabelo, a cor oliva da sua pele, a boca larga, seus olhos castanhos escuros, os peitos tamanho 48, nem a expressão do seu olhar penetrante. Além disso, outra coisa da qual ela nunca me perdoou, que meus traços fisionômicos sejam mais do lado da família do meu pai. A minha semelhança física com a irmã dele era evidente, exceto pelo fato de que eu não fiquei gorda. Minha mãe me dizia freqüentemente: "Meu Deus, Lila. Você está a imagem escarrada de Mitzie." Ela, então, estremecia: "Não suporto aquela mulher."

Sentei no chão para examinar as coisas que tinham sobrado e guardá-las. Guardá-las atrás de portas trancadas, porque meu pai não podia lidar com as roupas de baixo e os sapatos de minha mãe. Aquilo seria triste demais, meu pai colhendo em seus braços as roupas de minha mãe exalando o seu perfume, Shalimar. Ele não deveria saber, também, que Goneril e Regan tinham saqueado seus pertences.

De um ninho de cobra de meias-calças, vislumbrei um sutiã. Christian Dior. Seda. Os seios de Bella foram redondos e firmes até o fim. Ela teve sorte. Guardaria o sutiã para mim. Não era para usar, porque o meu tamanho é 44B, mas como uma recordação. Pensei que poderia pendurá-lo na minha parede ou exibi-lo numa prateleira. "Oh", eu diria, "isto era da minha mãe." Da mesma maneira que Henry exibe o seu aparelho de chá de prata.

Pondo de lado o sutiã, peguei outro de renda cor-de-rosa, e escondido sob uma das taças, e como uma pérola dentro de uma ostra, percebi um olho de vidro olhando para mim. "Meryl", eu disse. Tinha achado Meryl, e afastei a penugem da cara do macaco. Como se fosse a mãe macaca ajeitando seu bebê, embalei Meryl nas minhas mãos antes de levá-lo aos lábios.

Estava comigo o laço mais forte da família, e era um objeto inanimado. Um macaco de brinquedo que tinha sido, também, desprezado, esquecido, e era uma espécie de irmã para mim. Coloquei Meryl, minha herança, no meu bolso, e, deixando tudo mais para trás, deslizei pela porta dos fundos.

23

licença poética: Uma liberdade permitida ao poeta para sair do tema, gramática ou estilo do que seria próprio no discurso da prosa comum, ou quando o poeta inventa ficções ou toma liberdades com os fatos, como quando Virgílio faz Dido contemporâneo de Enéas.

Sentar nos bancos públicos é algo que eu e Carmen sabemos fazer juntas. Nos bancos, por toda a cidade e através dos anos, ela e eu temos compartilhado momentos ternos e profundos.

Na Father Demo Square, eu digo:

— Vamos nos sentar aqui — e me sento num banco verde, a pintura manchada e desgastada pelo tempo. Carmen senta-se ao meu lado. Aos nossos pés, os pombos catam migalhas.

O calor, alcançando trinta e sete graus, envolve a cidade como se estivesse de tocaia. O calor, a umidade e o lixo combinam forças para produzir um cheiro fétido no ar.

— Uma tempestade viria a calhar — digo, e Carmen promete:

— Vamos ter uma em breve. Sinto que uma tempestade se aproxima. — Então, Carmen hesita, estica o dedo no ar como uma antena captando ondas sonoras. — Ou talvez sejam vibrações matrimoniais que estou captando — diz ela, como se fosse Nostradamus ou Madame Blavatsky.

— É mesmo? — pergunto. — Quem vai casar?

— Não sei. Espero que não seja eu. De qualquer forma, provavelmente é uma tempestade. Você sabe como capto, às vezes, aqueles dois sinais cruzados.

O terceiro casamento de Carmen tinha terminado havia apenas seis meses, tendo durado três meses e cinco dias. Seu terceiro marido era um artista conceitualista, o que é uma maneira de dizer que ele não fazia nada. Além de assistir à televisão, sobre a qual fazia comentários maliciosos, para que acreditássemos que desprezava a televisão. O segundo marido de Carmen bebia, mas pelo menos saía um pouco de casa.

Carmen acende um cigarro Pall Mall, sem filtro, e exala a fumaça pelo nariz como se fosse uma mulher dragão.

— Você já decidiu — ela me pergunta — o que vai fazer em setembro?

— Setembro? — pergunto.

— Sim. Setembro. O próximo mês. Faltam o quê, duas semanas? O que você vai fazer? Vai lecionar neste semestre, ou não?

Faltam somente duas semanas para setembro, e eu ainda estou esperando um milagre do céu cair no meu colo. Um milagre na forma de dinheiro. Uma recompensa, uma subvenção, um prêmio em dinheiro, a morte de um tio. O suficiente para que eu possa continuar sem lecionar por outro semestre pelo menos, porque preciso de tempo para terminar o meu livro. Até agora, as minhas preces não foram atendidas.

— É isso que você pode me dar no meu aniversário — digo para Carmen. — Dinheiro. Não precisa ser uma fortuna. Dez mil dólares me ajudariam.

Carmen funga e tira uma lasca de fumo do lábio inferior. Joga fora a lasca e os pombos se juntam em torno, como se aquilo fosse comida.

— Você não tira sangue de uma pedra — diz ela, uma das expressões favoritas de Max, só que ele dizia: "Não é possível tirar sangue de uma pastinaca." Não me pergunte de onde ele tirou o termo "pastinaca", porque não tenho a mínima idéia.

A velocidade com que este verão passou é indescritível. Para não falar do pouco que eu fiz nesses meses. Tento não pensar nas folhas espalhadas na minha escrivaninha. Que vem a ser aquele truque que se usa com as crianças, "Faça o que quiser, mas não pense em hipopótamos." Uma vez avisadas, elas não pensam em outra coisa, e eu penso em outra coisa que gostaria para o meu aniversário. Outra coisa impossível. "Tempo", e digo para Carmen:

— Que tal me comprar tempo?

— De quanto tempo você está falando? — pergunta Carmen, como se aquilo fosse viável.

— Três anos — respondo, sem hesitar. — Três anos. Em vez de fazer trinta e cinco, quero fazer trinta e dois. — Trinta e cinco. Ainda não estou pronta para a segunda metade da minha vida. Não, enquanto não tiver desatado os nós da primeira metade.

— Está certo — diz Carmen.

— Está certo, o quê? O quê está certo?

— Está certo, vou dar a você três anos como presente de aniversário — Carmen me diz, como se isso fosse uma coisa banal.

— E como, exatamente, você fará isso? — pergunto, não duvidando de sua intenção, mas da sua capacidade. — Só o Super-Homem pode fazer o tempo recuar — digo. — O Super-Homem, sendo o Super-Homem e tendo todos os poderes, é capaz de agarrar o eixo da Terra e fazê-la girar no sentido contrário aos ponteiros do relógio. Os poetas têm reputação de ser elitistas e, assim, não sabemos nada sobre os da espécie do Super-Homem. Mas isso é um julgamento incorreto. Sei de um poeta que regularmente rouba frases de Miss Piggy dos Muppets, embora deva acrescentar, para dizer a verdade, que Miss Piggy não está se dando o devido crédito.

— Confie em mim — diz Carmen. — Três anos a menos não é problema. Considere isso um negócio fechado.

Carmen e eu somos amigas há dezessete anos e, apesar de não acreditar que ela possa me tornar três anos mais moça, aceito o jogo, porque é uma coisa que sempre fazemos.

— Para fazer os ajustamentos para a minha iminente mudança de idade, outros números precisam ser calculados novamente — digo. — Por exemplo, eu sei que parece mais tempo, mas, se voltarmos atrás, estaremos juntas há apenas quatorze anos. — E informo a Carmen que, pelos novos cálculos, ela será dois anos e meio mais velha do que eu, em vez de seis meses mais moça.

— Não sei se gosto disso — Carmen parece estar pensando, mas não está. Carmen é mais preocupada com o que vai acontecer do que com o que já aconteceu. Aqui estou eu querendo voltar o calendário enquanto Carmen avança além do tempo.

— Você já pensou — diz ela para mim — que uma de nós morrerá antes da outra? Ou eu vou ter de providenciar seu enterro ou você terá de providenciar o meu.

Se depender de Carmen para providenciar meu enterro, vou apodrecer e virar pó no mesmo lugar onde ela me encontrar morta. Talvez na banheira ou caída na cadeira. Carmen nem sempre é digna de confiança, quando se trata de assuntos práticos. Se eu tivesse de pedir a Carmen para molhar as minhas plantas enquanto estivesse viajando de férias, é provável que na volta encontrasse um hibisco morto e uma amoreira semimorta, com a terra do vaso seca como uma ossada. Isto é, se eu tivesse alguma planta, o que não acontece, porque plantas exigem compromisso. Uma das muitas razões por que gosto de Carmen é este elemento surpresa.

— Eu me recuso a discutir estas coisas — digo para ela. — Aqui estou eu com apenas trinta e dois anos e você falando sobre o meu enterro.

— Talvez o meu seja primeiro — diz ela — já que brevemente serei mais velha.

— Não. — Digo para ela que não pode ser assim. — Não tenho experiência com enterros. Não saberia o que fazer.

Carmen tem outra idéia.

— Talvez morramos juntas. Num acidente de avião. — Carmen se anima com essa perspectiva, e as nuvens se acumulam e o céu fica preto.

Começa a trovejar e a chuva cai rápida e violenta. As árvores se curvam ao vento, como se tentassem segurar suas folhas, mas as folhas são varridas ao longo da rua e, num minuto, Carmen e eu parecemos um par de gatos molhados. É gostosa, essa chuva. É fria e limpa e, olhando para o céu, Carmen diz:

— Está certo, talvez não seja um casamento a caminho.

ocasionais: Qualquer poema, leve ou sério, bom ou ruim, escrito para uma ocasião especial e com um propósito especial, como, por exemplo, peças comemorativas, odes a um nascimento, tributo a um poeta; poesia pública que tem uma função social.

P̱orque o milagre ainda está para acontecer e parece, do jeito que as coisas vão, que vou ter de lecionar no próximo semestre, estou presa aqui dando voltas no esboço de um curso de mestrado chamado, bastante sem imaginação, de "Escritos Poéticos II". Eu própria sugeri o título. O único pré-requisito para alguém seguir este curso é ter completado o Escritos Poéticos I.

O telefone toca, e dou graças por ter de interromper o que estou fazendo. É Henry, e a isso, imediatamente Dora e Estella começam a fazer barulho no quarto, como se estivessem procurando alguma coisa. Gavetas são abertas e fechadas, papéis farfalham, um sapato cai, e eu aviso para ficarem quietas. Chame a isto de milagre, mas Dora e Estella fazem um estardalhaço sempre que Henry me telefona. Tenho a impressão de que elas não gostam de Henry tanto quanto não gostavam de Max. Ou pode ser algo mais sinistro. Talvez os meus fantasmas me queiram sozinha, como medo de que, se eu compartilhar minha vida com outro ser vivo, elas poderão ser deslocadas. Como se temessem que eu não precise mais delas.

Henry me ligou para perguntar o que eu queria como presente de aniversário.

— Me dá uma dica — diz ele.

— Algo que eu possa empenhar — digo para Henry. — Empenhável e portátil. Pedras preciosas e metais — esclareço.

— Por que é — quis saber Henry — que as judias têm uma queda por jóias? Será que é por causa da inicial J? A conexão J?

— Henry acha que sabe das coisas, e pode ter sido este modo de pensar que voltou Dora e Estella contra ele.

— Henry — digo —, não banque o débil mental. Você já se esqueceu da sua história da humanidade? A Inquisição. Os *pogroms*. Nazistas. Este tipo de acontecimentos. Quando as autoridades vêm bater à nossa porta para dizer-nos que temos dois minutos para pegar tudo o que pudermos e sair, não é possível esconder um piano no sutiã.

— Você não está esquecendo que isto é a América? — diz Henry. — Essas coisas não acontecem aqui.

E eu respondo:

— Ah! Diga isso a Oneontas. — E dou um aviso a Henry: — O que quer que faça, não me traga flores ou chocolates. Não gosto de perecíveis de qualquer espécie.

Além de flores e chocolates, há outros itens pelos quais eu expressaria pouca gratidão. Não espere que eu me entusiasme ao desembrulhar um moedor de grão de café, um misturador de salada, um marcador de etiquetas ou sabonetes perfumados. E esqueça as lembrancinhas. Estatuetas de crianças, com os braços estendidos e uma placa escrita "EU TE AMO ESSE TANTO".

— Então — diz Henry —, para o seu aniversário, você quer que eu compre uma jóia para costurar na sua roupa de baixo no caso de precisar fugir dos alemães. — Como não falei nada do meu casamento com Max, Henry pensa que isso é engraçado.

Fugi de Max com os meus pertences socados numa sacola de papel pardo. O que foi tudo que trouxe comigo porque, enquanto estava casada com Max, não tinha necessidade de bens materiais como roupas e pratos. Porque, também, ter poucos bens tornava a vida mais fácil. Eu teria preferido uma sacola de plástico com alças, mas não tínhamos nenhuma desse tipo. Max abominava o plástico e outras afrontas ao meio ambiente.

Fugir de casa levando de reboque um saco de papel pardo foi o que fiz quando era criança, embrulhando meus melhores brinquedos e anunciando para minha família: "Estou fugindo porque ninguém me ama." Apesar da sinceridade das minhas intenções, nunca fui além do portão onde me sentava e esperava que meus pais ficassem doentes de medo e viessem me procurar. Finalmente, eu me aborrecia de estar ali fora ou a noite traria as sombras e os barulhos que eram os sons dos morcegos e dos assassinos.

No supermercado, como se fosse um devoto de Rachel Carson, Max, infalivelmente, pedia sacos de papel pardo, e sempre que recebia em casa uma entrega, numa caixa com amendoins *styrofoam*, devolvia ao remetente sem demora.

— Não aceito essas batatas *styrofoam* — dizia Max.
— Amendoins — eu corrigia. — Nós dizemos amendoins.
— Seja lá como vocês dizem, eles são um insulto ao meio ambiente.

Ele não aceitava nenhum argumento meu sobre o assunto, embora eu achasse sua postura sobre o meio ambiente desconcertante, porque, exceto no parque, Max parecia não fazer caso da natureza a não ser para marcar pontos e diretrizes em mapas. Os oceanos, rios e cadeias de montanhas eram nada mais do que limites. Onde um lugar terminava e começava outro. Onde, no mapa, as letras mudavam do estilo romano para países, para itálico para lagos e oceanos e para gótico para montanhas e vales. Sempre que eu parava para admirar um pássaro, o que acontecia raramente, porque também não sou louca pela natureza, Max se exasperava e batia o pé, da maneira como a gente faz quando fica parada um longo tempo na fila do banco. Max, também, acusava os cães de sujarem a calçada.

— Dificilmente é culpa dos cães — eu argumentava defendendo os cães. — São as pessoas que não limpam a sujeira dos seus cães. São elas que você deve xingar. Os cães não sabem que existem banheiros — eu dizia, mas Max continuava a apontar o dedo acusador para os *dachshunds,* os caçadores dourados, e, especialmente para os mestiços. O que eu considerava ser uma injustiça abominável da parte dele. O que eu considerava ser uma característica da sua cultura.

Deixei Max numa segunda-feira de manhã, assim que ele saiu para o trabalho, e depois que borrifei lisol no quarto para apagar todos os traços do meu perfume e do meu cheiro, e depois que sentei à mesa para escrever um bilhete para Max. "Querido Max, por favor, me perdoe", e parei aí, porque Max jamais iria me perdoar. Por que me incomodar em pedir algo que jamais teria? Sem falar que provavelmente eu mesma jamais me perdoaria.

Minha roupa de baixo, que estava suja, foi posta primeiro na sacola. Em cima dos meus sutiãs, calcinhas, meias e cintas-liga coloquei meus livros e cadernos, e então, como uma camada de terra, vieram os descartáveis. Escova de dente, passador de cabelo, os tampões e Oil of Olay. Tudo o que eu havia trazido para o meu casamento e tudo o que estava levando dele coube numa sacola de papel pardo, como compras de mantimentos no valor de dezenove dólares.

Contudo, Henry ri da idéia de que a gente nunca sabe quando vai precisar fugir, quando vai querer que tudo de valor que é seu caiba numa sacola de papel pardo. A história, claro, se repete muitas vezes, e é por isso que eu peço a ele coisas que sejam empenháveis e portáteis.

25

monorrimo: Uma passagem de um poema, ou uma estrofe, ou um poema inteiro, no qual todos os versos têm a mesma rima final. É, muitas vezes, usado caprichosamente como um recurso artificial para produzir efeitos satíricos ou cômicos.

Do mesmo modo como os habitantes que vivem em território de lobisomem tendem a ficar apreensivos com a chegada da lua cheia, meu iminente aniversário está fazendo com que todo mundo fique nervoso. Incluindo Leon.

— Você acha que poderia passar esse dia como qualquer outro? — Leon me pergunta. — Algumas pessoas são capazes de fazer isso. Vá trabalhar, volte para casa, jante, assista à televisão, leia um livro, vá para a cama. Sem problemas.

— Sim, claro — digo. — Tente pedir a um católico para esquecer o Natal.

— O Natal — observa Leon — é um dia de adoração.

E eu retruco:

— É mesmo, é esse exatamente o problema.

O dia do meu aniversário é feriado em celebração a mim mesma. O único dia que é só meu. Meu dia, e isso é algo importante. Com três ou quatro meses de antecedência, minha mãe me chamava e, juntas, combinávamos como seria o baile do meu aniversário. Primeiro, escolhíamos um tema sobre o qual selecionávamos o cardápio, os convites, escolhíamos os jogos e prêmios. Como, por exemplo, quando fiz seis anos. A festa do Gato no Chapéu. Eu adorei *O gato no chapéu*. Sem falar na influência que teve sobre mim. Aqueles esquemas com rima *abcb*, o iambo (na poesia grega e latina, pé de verso composto de uma sílaba breve e outra longa) juntando-se ao anapesto (parte de um verso consistindo em dois sons breves e um longo), o verso *skeltonic* mantendo paralelismo em relação ao elemento retórico principal. É um bom assunto!

— Alguns poetas — digo para Leon, como num aparte — mentem sobre isto, sobre as influências que tiveram na infância. Você não acreditaria. Eles olham de frente para você e dizem que, em criança, já estavam lendo Tennyson ou H. D. Ah, e Blake. Sempre Blake. Sim, certo. Bem, que se fodam. Eu estava lendo *O gato no chapéu*, e eu sou uma poeta com duas páginas publicadas na revista *People*.

— Você não tem de me convencer da sua estatura como poeta — diz Leon, e fico grata a Leon, que com ele eu não tenha de provar nada.

Os chapéus da festa eram réplicas do chapéu do gato. Cartolas com listas vermelhas e brancas. Tínhamos bolinhos com o formato de gatinhos e jogamos "pescar-o-peixe dourado-na-xícara", e o prêmio era um peixinho dourado real, vivo, dentro de um vidro. Como o peixe dourado de Henry. Eu fui a primeira a pescar o peixinho dourado de papel, antes de todos, o que significava que ganhara o jogo. O peixe dourado na taça de vidro deveria ser meu, mas minha mãe disse não. Não me era permitido ganhar o prêmio porque a festa era minha, e ela tinha algumas regras a esse respeito, sobre como a anfitriã não podia ganhar o peixe dourado. Tive um ataque. A injustiça nunca me caiu bem, e a gentileza nunca foi o meu forte. Alicia Braveran ganhou um peixe dourado, e cada criança voltou para casa com um volume do livro e os brinquedos de pescaria.

— Isto é importante — reconhece Leon.

E eu digo:

— Eu era conhecida na vizinhança por dar as festas de aniversário mais divertidas, o que era alguma coisa, dado o lugar onde cresci.

Até um pouco antes do desastre dos doces dezesseis anos, eu fazia um esforço para superar a mim mesma. No mesmo ano que Stacy Goldstein deu uma festa, cuja decoração foi uma miniatura de um campo de golfe, e o pai de Marcy Seldon levou, ela e mais doze das suas melhores amigas, ao Palisades Amusement Park, eu dei uma festa que foi decorada pelos Twin Lanes. Nossas Coca-Colas eram servidas em copos com formato de pinos de boliche. Cada menina recebeu uma pequena sacola de boliche cheia de doces, que podia, além disso, ser usada como uma bolsa. Doces de boa qualidade, também. Do Snikers, M&M e Baby Ruth, e não balas, que todo mundo odiava. A festa do meu décimo aniversário foi um evento maravilhoso, exceto o fato que eu não consegui derrubar nenhum pino. Em cada jogada, minhas esperanças de *spares* e *strikes* se perdiam quando a bola rolava em câmera lenta pela canaleta. Não derrubei um pino sequer. Somei zero ponto e aquelas merdinhas, que eram meus convidados e que deviam me aclamar por serem meus melhores amigos, porque este era o protocolo da festa de aniversário, disseram que eu era uma frouxa. Era o meu aniversário. Eles deveriam ser bons comigo, no meu aniversário.

— Você tinha expectativas que não foram alcançadas — diz Leon. — Expectativas que jamais poderiam ser alcançadas. Você se dispôs ao desapontamento.
— Eu não me dispus ao desapontamento. Eu fui tomada pelo desapontamento. Todo ano havia um desapontamento.
— Todo ano? — Leon zomba, como se não acreditasse em mim. Como se eu estivesse sendo hiperbólica, e eu digo:
— Vá em frente. Escolha um ano. Qualquer ano.
— Está certo — diz Leon. — Oito.
— Oito. Convidei uma aluna nova no colégio para a minha festa de aniversário. O que — acrescentei — foi muito generoso da minha parte, porque mal a conhecia.

Ela chegou em minha casa para a festa e, naquele instante, eu a amei, porque ela me entregou um presente que fora embrulhado por alguém perto de Deus. O Anjo Gabriel ou quem quer que fosse que fizera o casaco de muitas cores de José. Jamais havia visto um embrulho feito com tanta perfeição. Papéis cor-de-rosa, roxo e azul estavam dispostos em camada para parecer um cair de uma tarde de verão. Presa ao laço de *moiré* roxo, com fitas prateadas, havia flores cor-de-rosa arrumadas com a habilidade de um mágico ou de um artífice. Não ousava adivinhar o que continha aquela caixa magnífica.

Durante toda a tarde, enquanto se desenrolavam as brincadeiras da Cadeira Musical e Mímica, eu olhava para a caixa. Meus olhos estavam quase saltando de desejo, até que minha mãe disse que era hora do bolo e sorvete e do cerimonial de abrir os presentes.

Era hábito meu virar o meu pedaço de bolo de cabeça para baixo, para guardar o glacê, a melhor parte, para o fim. Da mesma maneira, abri todos os outros presentes como se fossem preliminares. Apenas quinquilharias bastante boas, mas ainda um prelúdio. As damas de honra da noiva desfilam pela nave antes da noiva, e um conjunto que nunca se ouviu falar abre o *show* do U-2. Rasguei o invólucro, deixando em tiras o papel da cor de uma tarde de verão. Dentro da caixa, sob uma camada de papel de seda, estava uma camisa pólo branca. Eu tinha dúzias de camisas pólo brancas na gaveta do meu armário, mas mesmo se não tivesse nenhuma, uma camisa pólo branca não seria nunca o que tinha imaginado. "Você me enganou." Voltei-me para a menina que, horas antes, tinha ganho meu coração incautamente. "Você me enganou", atirei a camisa no chão e dei um chute nela, o que foi odioso da minha parte. Sei disso agora. Certamente, a menina queria me agradar com a camisa branca, queria que eu gostasse da camisa. Tirasse a camisa da caixa e sentisse o tecido junto a pele do meu rosto. Ela deve ter se sentido péssima, mas não parei para pensar nela quando dei outro chute na camisa, depois do que minha mãe me expulsou da minha própria festa. Deveria ficar no meu quarto até que estivesse pronta para voltar e pedir desculpas à menina ofendida, o que eu não faria. Agora, enquanto contava esse fato para Leon, lembrei-me de que a menina chorou. Eu a fiz chorar, e pisco duas vezes para afastar a imagem. Entretanto, eu vejo seu queixo tremendo.

— O que você queria que estivesse na caixa? — me pergunta Leon. — O que estava esperando?

Não posso responder. Quero responder, mas tenho a mesma sensação de frustração quando tento escrever sobre o amor, andando às cegas para captar a imaginação. Não tenho resposta, mas Leon se recusa a aceitar o meu silêncio.

— Dê um palpite — diz Leon —, dê um palpite.

— Um unicórnio — respondo. — Esperava que na caixa estivesse um unicórnio, para abrir as asas e voar em volta da sala antes de vir pousar no meu ombro — e Leon concorda como se a minha resposta fosse certa.

— Então — pergunta ele —, o que você planejou para seu próximo aniversário?

— Não tenho nada definido — digo. — Na véspera do meu aniversário, terei de fazer uma leitura. Na biblioteca. Henry está insistindo comigo para eu pensar em alguma coisa que gostaria de fazer, mas isto é responsabilidade dele. Antes, quero ver o que acontece com Carmen e aquele negócio da minha idade. Se eu ficar mais jovem, talvez tenha outros planos. Você sabe como a juventude é volúvel.

— Lila — Leon se recosta. — Você está fazendo isso outra vez. Preparando-se para um desapontamento. Não pode voltar no tempo, Lila. O tempo não vai fazer a volta contrária do relógio só para você.

Para acalmar Leon, digo que sei disso, mas, só porque nunca aconteceu antes não quer dizer que não possa acontecer agora. Como Max diria: "Esta é uma primeira vez para tudo."

26

encômio: Poema coral grego em celebração, não de um deus, mas de um herói, cantado no *komos*, a procissão jubilante ou divertida que festeja a vitória nos jogos; um exercício retórico exaltando as virtudes de alguma figura lendária ou louvando os feitos extraordinários do ser humano.

HÁ UMA PRIMEIRA VEZ PARA TUDO, E A primeira e única vez que me apaixonei foi por Max. O que é notável, já que eu já passara dos trinta e tinha, ainda pela frente, a estação seca. Mas amor? O verdadeiro amor? O grande amor? Não. Love, letra maiúscula L, o O em forma de coração, flechado pelo *V* e sangrando sobre o *E*, o tipo de amor que, mais do que tudo, faz uma confusão na sua vida, não era algo que se percebesse imediatamente. Antes de conhecer Max, ninguém tinha conseguido o melhor de mim. Como se o melhor de mim fosse algo para um que pudesse ser roubado. Eu era como o nova-iorquino que alega: "Vinte e seis anos nesta cidade e nunca fui assaltado", ou como o proprietário de um carro caríssimo que dá um tapinha no pára-lama do carro, enche o peito e se gaba: "Duzentos e setenta e dois mil quilômetros com esta jóia, sem uma batida." Como eles, eu posso me gabar: "Trinta e um anos e nunca me apaixonei." Como se cair de amores fosse a mesma coisa que cair numa pista de gelo. Um movimento desajeitado que, com certeza, vai deixar um ferimento feio.

É uma fanfarronada vazia — *Eu nunca me apaixonei* — porque eu quero que isto aconteça. Quero tanto que isso aconteça, que não ouso pronunciar as palavras. À maneira como os velhos judeus olham para o recém-nascido e declaram que ele é feio e estúpido, para manterem afastados os anjos da morte, anjos que podem ser tentados a arrebatar para eles a bela e alegre criança. Não ouso pedir o amor, porque ninguém sabe o que me será dado.

Aconteceu quando eu não estava olhando. Quando os meus olhos estavam bem fechados, mas eu soube que era amor por Max, meu amor, quando em sua cama e no exato momento em que pensei "Não, não é possível", mas ele tinha chegado. Me apaixonei na onda de sucessivos orgasmos, como as onduladas colinas de uma fazenda de leite em Wisconsin. Cremoso, também. Como eu amava Max e como ele me amava, deveria haver uma lei contra isto. Na verdade, há uma lei contra isto, embora tecnicamente, há muito, não esteja sendo cumprida.

Durante o mesmo interlúdio romântico, Max de repente ficou preocupado. Depois, ele disse:

— Agora compreendo por que *rassenschande* era proibido.

— *Rassen* o quê? Que palavra é essa? — perguntei, e Max traduziu.

— *Rassenschande*. A mistura de raças.

Perto do fim da guerra, o pai de Max fora mandado para a luta no *front* russo, foi ferido na perna, o que o fez merecer uma comenda pela glória do Terceiro Reich. A mãe de Max, com orgulho e, possivelmente, havendo naquilo uma espécie de apelo erótico também, usava o uniforme daquela organização que era similar ao das Bandeirantes, só que elas tinham Hitler como escoteiro-chefe. Como se isso não fosse bastante, a família de Max tinha de carregar o fardo de Albert Speer. Tio Albert. Um parente do lado materno.

— Isso não o desculpa — disse Max —, mas Albert Speer não era tão horrível quanto o resto deles. Ele não sabia de tudo que estava acontecendo. Não sabia da solução final e quando soube o que eles tinham feito, pediu para ser punido.

— Foi assim? — perguntei, e Max disse:

— Sim. Foi assim.

— Bem, então — me apoiei no cotovelo —, que tal se você comprasse uma ponte no Brooklin?

— Não estou entendendo — disse Max. — O que uma ponte que está à venda tem a ver com a ignorância de Speer? Onde, por favor, está a ligação?

— A ligação — expliquei — é a sua ingenuidade. Talvez você seja facilmente tapeado.

— Tapeado — disse Max. — Não conheço esta palavra. O que significa tapeado?

Inclinei-me e beijei seus olhos como se eu fosse um agente funerário depositando moedas ali, e disse:

— Você sabe quantos parentes perdi no Holocausto?

Max desviou o olhar, envergonhado:

— Oh — disse ele. — Temos de abrir este livro de vermes?

— É *lata* de vermes — retifiquei —, e nós a abrimos no primeiro beijo.

— Isto é muito difícil para mim, Lila. Os pecados de nossos pais pesam fortemente sobre nós — Max disse que estava muito sentido e eu brinquei:

— Tapeado outra vez — porque, a não ser que se considere tribo como família, eu não perdi ninguém daquela maneira, e, em seguida, senti um ímpeto de amor por Max como se eu estivesse num torvelinho, fora de controle. — Deixe-me perguntar — eu quis saber: — Se todo mundo odeia os alemães, a quem os alemães odeiam?

— A Suíça — disse Max, sem hesitação.

— A Suíça? — A Pastoril Rainha dos Alpes? O povo que nos manda chocolate quente e contas bancárias numeradas? Não sabíamos ainda sobre a Suíça, guardando e depois recusando-se a devolver bens mal adquiridos. — Quem — perguntei — poderia odiar Heidi e as pequeninas cabras suíças?

— Os alemães — disse Max e, então, me contou sobre a namorada suíça que ele teve. — Quando era estudante da universidade, namorei uma moça suíça, ela era grande, tinha longas tranças louras e maçãs do rosto coradas. Sempre que tinha um orgasmo, ela estremecia da cabeça aos pés e dizia "Odeio quando isto acontece".

Se Max e eu éramos os protótipos, não era de espantar que essa mistura de raça fosse proibida. Se, no passado, os homens alemães e as mulheres judias fossem iguais a mim e a Max, os livros de história estariam precisando ser, urgentemente, reescritos. Décadas depois, você teria o *slogan* "Faça Amor, Não Faça a Guerra!". Em vez de vociferar um "Heil Hitler", os homem da Alemanha acenariam com a mão e diriam: "Desapareça. Estou ocupado." Os nacional-socialistas nunca teriam sido capazes de mobilizar um exército, capaz de deixar suas camas e seus entes amados. Oh, e que desfile não teria sido! Esqueça os passos-de-ganso com rifles e baionetas. O que teríamos tido seriam filas e filas de homens marchando, com o zíper da calça aberto e os pintos levantados tremulando como bandeiras. Aí se encontra a glória da Pátria. Assim, eles poderiam ter governado o mundo.

Porque não tirei tal imagem do nada, e porque é um conceito

de mérito, deixe-me fazer menção ao pinto de Max. Oh, por onde começar a expô-lo em seu esplendor! Escultural. Como cinzelado no mármore. Magnífico de se pegar e neste ponto estou incluindo o prepúcio, um item que antes achava ser tão atraente quanto os bofes de um carneiro. Além disso, eu nunca soubera o que fazer com um prepúcio — como manipular aquilo — até Max me mostrar a maneira de descascar para revelar uma fruta mais perfeita até mesmo do que a banana.

Não só era esplêndido na forma, mas, oh!, como funcionava. Como um Mercedes Benz, uma máquina de café Krups, um relógio de cuco. Um exemplo concreto da engenharia alemã. Com o ronronar de um gatinho, começava a funcionar com a pressão de um botão, um beijo no pescoço, um toque de mão, um olhar através da sala, um sorriso, um pensamento, e nunca jamais se abatia. Hora após hora, sempre e sempre, Max ficava duro a um apelo. Mas há de se pensar que, depois da quarta ou quinta vez em determinada noite, ele estaria morto de cansaço, o que seria um engano. Tão confiável quanto um gêiser, e como uma vaca premiada em termos de produção. Uma coisa gosmenta que se misturava com o meu suco, como o seu suor se misturava com o meu suor, como sua língua se misturava com a minha língua quando nossas bocas, braços, dedos e pés se misturavam em nome do amor. Oh, *rassenschande*. Abençoada *rassenschande*.

Parecia que nossa evocação da *rassenschande* não passava de um recurso que Max e eu inventamos. Para aumentar a excitação. A satisfação extra proporcionada por aquilo que é ilícito. Como se nenhum de nós fosse capaz de confiar no nosso amor assim como ele era. Mas, numa geração passada, teríamos sido presos por isto. Ou pior, e embora não fosse mais proibido por ninguém a não ser por alguns velhos fantasmas e retrógrados, ainda assim eu tive meu tempo de *rassenschande*.

27

clerihew: Forma poética inventada por Edmund Clerihew Bentley. Consiste em duas coplas de extensão desigual, muitas vezes com rimas complexas ou um pouco ridículas e apresenta uma biografia sumária. O humor consiste em concentrar-se no trivial, no fantástico ou no ridículo e apresentar isto com uma solenidade falsa cínica seja quanto à característica, ao significado ou à importância essencial.

— NA GELADEIRA — HENRY ME DIZ — tem uma garrafa de Chablis.

Estamos assim agora, Henry e eu. Eu me sirvo de comida e bebida na cozinha dele, e ele urina com a porta do banheiro aberta. Gostaria de escrever um poema sobre isso, sobre a morte de algo devido ao fato de urinar com a porta do banheiro aberta. Um *coronach*, que é um lamento, com acentuações silábicas quantitativas. É claro que eu gostaria de escrever um poema sobre qualquer assunto sob qualquer forma, mas isto não está acontecendo.

Enquanto procuro pelos copos de vinho, olho para o peixe dourado. Semanas atrás Henry mudou o peixe para uma terrina de sopa porque ele não cabia mais na tigela de salada. É um peixe fora do comum porque até agora ainda está vivo. Os peixes dourados, aqueles que vivem em terrinas de salada e que ficam expostos a crianças, raramente têm um tempo de vida superior a dois ou três dias. Freqüentemente, viram de barriga para cima em questão de horas. Este peixe dourado, entretanto, está ali há meses e meses, dançando sua dança de leque. Sua boca faz aqueles movimentos de beijar pelos quais os peixes são famosos. Eu digo para o peixe:

— Oh, você está com fome, não está, peixinho?

Procuro em volta e descubro a comida de peixe, num saleiro de cristal, entre uma lata de café e um açucareiro. Jogo uma pitada na terrina de sopa, o peixe segue a pista e devora cada floco.

— Quer mais? — pergunto para o peixe e dou mais duas pitadas, desta vez, e Henry me avisa de longe:

— Não dê muita comida.

Levando dois copos de vinho, volto para Henry. Nós nos beijamos e ele observa que servi o vinho branco em copos de vinho tinto.

— Isso tem importância? — pergunto, porque gostaria de continuar beijando sem interrupção.

— Não tem importância — diz Henry — mas é uma questão de etiqueta.

O fato é que Henry não suporta beber vinho branco em copos para vinho tinto. Seus beijos estão frios e desanimados e, então, ele se levanta do sofá:

— Vou passar isto para os outros copos — diz ele, pegando os dois copos de vinho e indo para a cozinha.

Henry não se apressa. Meu pé marca o ritmo impaciente de uma canção, quando ele me chama:

— Lila. Venha aqui um minuto, por favor.

Henry está olhando para a terrina de sopa e fica de lado para que eu possa ver também.

— Tem alguma coisa errada com o peixe — diz ele, e está certo. O peixe está no fundo da terrina, imóvel. Suas guelras se abrem e fecham lentamente com o que parece ser um tremendo esforço.

— Estava bem, há cinco minutos. Dançando como um louco, e comeu toda a comida. Talvez esteja digerindo a grande refeição.

— Quanta comida você deu a ele? — O tom de Henry é acusatório.

— Umas duas pitadas — digo.

— Pitadas? Quanto é uma pitada?

— Assim — vou até o saleiro de cristal e pego os flocos com dois dedos para mostrar a Henry o que é uma pitada.

— Foi com isso que você alimentou o peixe? Lila — diz Henry —, isso não é comida para peixe. Isso é comida para planta.

— Oh — digo. — Qual é a diferença?

A comida para planta é feita de nitrogênio, ácido fosfórico, amônia e nitrato de potássio. Substâncias químicas que são boas para plantas, mas são venenos para os peixes.

— Guardo a comida de peixe aqui em cima — Henry vai até o armário de cima e tira um misturador com um rótulo bem nítido de comida para peixe.

O peixe está virado de lado e grito para Henry:

— Faça alguma coisa!

— O quê? O que posso fazer? — Henry está perdido, e eu estou tremendo pelo que fiz.

— Sei lá — digo. — Chame o hospital de animais. Talvez possamos levá-lo para a emergência.

Henry procura pelos armários por uma vasilha com tampa,

para podermos transportar com segurança o peixe sem derramar água, enquanto eu fico parada perto da terrina e dou uma de treinador:

— Vamos, peixe — digo. — Fique bom. Você pode fazer isso. Fique de pé. Vamos, fique bom. Por favor, fique bom. O que quer que faça, peixe, não morra por minha causa. Por favor, não morra por minha causa. — Imploro para que ele não morra por minha causa e, então, ele morre.

Saio correndo da cozinha e me atiro de bruços no sofá. Coloco as mãos nos ouvidos como se quisesse abafar a voz da consciência, e escuto a descarga no banheiro. Sinto-me doente. Aquela doença horrível que vem quando o dano é irreparável. Você sabe que não tem jeito de consertar as coisas que fez, e Henry vem sentar-se ao meu lado. Ele dá uns tapinhas nas minhas costas e diz:

— Vamos lá. Foi um acidente, e o que está feito está feito.

Ou como Max teria dito:

— Não adianta varrer sobre o leite derramado.

Sentando no sofá, eu pergunto:

— Aquele era o peixe? Você o jogou na descarga do banheiro?

— Sim — responde Henry. — Ele teve um enterro nova-iorquino.

Sacudi a cabeça como para dizer que eu esperava isso mesmo, mas eu estava também esperando ouvir que ele colocara o peixe numa caixa de sapatos ao lado de seus pais. Muitas vezes penso que, um dia, Henry terá seu armário cheio de caixas de sapatos, como Imelda Marcos tinha. Só que, em vez de *escarpins* de couro e sandálias de Manoel Blahnik, as caixas de sapatos de Henry guardarão os restos mortais de todos a quem ele amou.

peça da paixão: Duas peças curtas em latim do manuscrito de *Carmina Burana* (século XIII) indicam que a poesia da própria Paixão foi inventada como um prólogo para a Ressurreição. Tornando-se, rapidamente, mais popular do que a Ressurreição, a peça continua a ser apresentada. No entanto, o texto tem sido representado como drama clássico.

Gosto de pensar que havia uma diferença entre mim e Max. Nossa abordagem sobre o leite derramado. Gosto de pensar que eu pegaria um vassoura e tentaria salvar o que pudesse. Gostaria de pensar assim, mas é uma ilusão, porque, quando o leite derrama, sou do tipo que pisa nele e diz: "Que leite? Não vejo leite nenhum." Entretanto, continuo a manter que, se Max tivesse me deixado, o oposto do que aconteceu, eu não o teria deixado ir. Eu o teria seguido, perseguido, me atirado nos seus calcanhares e implorado para ele voltar para mim. Teria me algemado na sua porta, sentaria no capacho da entrada até que ele concordasse em me deixar entrar. Isso é uma coisa que mantenho, que é uma espécie de auto-engrandecimento. Eu perpetro a mitologia sobre mim mesma, que vou às últimas conseqüências. Digo isto. Assim como digo que Max simplesmente me deixou ir. Que eu era, para ele, menos importante que o seu orgulho. Como se estivesse acima de tudo, Max ficou tão à vontade quanto Jesus andando sobre a água. Digo isso sobre ele, mas nego o mesmo quando se refere a mim.

O fato foi que, cada um por suas próprias razões, nenhum de nós tentou ver se podíamos salvar o desastre. Depois que deixei Max, nunca mais liguei para ele, não escrevi uma carta ou enviei um cartão-postal. Eu o declarei morto e nunca mais o vi a não ser quando assinei os papéis do divórcio. Carmen o encontrou certa vez e disse:

— Por que você não telefona para Lila? Ela sente a sua falta.

Ao que Max respondeu:

— Ela quebrou o rosto.

— É quebrou *a cara* — Carmen corrigiu e Max respondeu:

— Seja lá o que for. Ela fez isso e está feito.

O que está feito, está feito. Você não pode refazer uma cara quebrada assim como não pode ressuscitar um peixe morto. No entanto, você pode fazer reparações. Para compensar por ter matado o peixe dourado deles, levei os filhos de Henry à Toys "R" Us, onde eles me dominaram.

A reação de Eczema à perda do peixe foi de desinteresse.

— O peixe está morto — disse ela, e perguntou se podia ter um Oreo, ao que Henry disse:

— Ela é igual à mãe.

Pólipo, entretanto, derramou-se em lágrimas:

— Meu peixe. Meu pobre peixinho.

E fiquei deprimida ao perceber que eu não só era responsável pela morte do peixe, mas também que ele havia sofrido antes de morrer.

Em conseqüência, gastei muito dinheiro na Toys "R" Us, como se o fato de pagar os danos me trouxesse algum alívio. Aliviar a culpa por meio da restituição a Pólipo e Eczema. Certamente as duas sacolas de compras cheias de *Space Invaders, G.I. Joe, Barbie, roupas da Barbie, Exterminadores, transformadores e Polly Pockets* não farão nada para ajudar o peixe. Para o peixe, é muito tarde.

Com Pólipo e Eczema, cada um carregando sua própria sacola, abrimos caminho até a Ray para comprar uma pizza e voltarmos para o apartamento de Henry, porque este era o plano. Enquanto estávamos na Toys "R" Us, Henry foi ao setor de animais caseiros para comprar o substituto do peixe, o que será uma surpresa para as crianças.

Sentamos a uma mesa, e pedi uma pizza grande e coca-cola para todos enquanto esperávamos. Eczema esvaziou o saleiro na mesa e fez desenhos com os grãos. Neste ínterim, tendo, sem perda de tempo, tirado o uniforme do G.I. Joe, Pólipo pega a Barbie na sacola da irmã e desce o maiô dela até os tornozelos. Ele esfrega os dois bonecos um no outro até conseguir encaixar a cara do G.I.Joe no pedacinho da Barbie.

— Olha, Lila. — Ele quer que eu veja como o G.I. Joe desce pela Barbie, e eu digo:

— Muito bem. É lindo.

Numa espécie de desafio, Barbie está esmirilhando G.I. Joe, quando Eczema derrama seu refrigerante. A coca-cola espalha-se pela mesa e cai no seu colo. Enquanto tento enxugar com a ajuda de guardanapos, Eczema estende o braço e apalpa meu seio. Ela aperta meu seio como se esperasse que ele grasnasse. Sacudindo-se de dar risada, ela diz para mim:

— Você tem peitos.

— Sim — concordo —, eu tenho peitos. Um respeitável par de peitos.

— Por quê? — Eczema está naquela idade. A idade do *por quê*, que faz você ficar nervosa, pois raramente tem uma resposta à altura.

— Todas as mulheres têm peitos — explico. — Quando as meninas chegam a uma certa idade, seus seios se desenvolvem e ficam grandes.

Eczema sacode a cabeça. Seu cabelo louro balança de um lado para o outro.

— Não — diz ela. — Minha mamãe é velha, e ela não tem peitos.

— Mamãe é chata — Pólipo confirma.

— Quero que meus peitos sejam como os de Lila. — Eczema se prepara para um acesso de raiva. Seu rosto se intumesce e fica vermelho de frustração. É como se percebesse a essência da genética e compreendesse que é provável que ela não venha a ter um saudável par de seios. — Quero peitos iguais aos de Lila.

— Oh, fique calma — digo para ela. — Se quer peitos iguais aos meus, você pode ter peitos iguais aos meus. O que não é doado por Deus, você sempre pode ter de um cirurgião plástico. — O fato é que se pode ter tudo que se quer, se a pessoa está disposta a um compromisso, a aceitar as substituições das coisas verdadeiras. — Quando voltarmos para o apartamento do seu pai, diga a ele que você quer fazer implantes.

— O que são implantes? — Pólipo consegue que os traseiros de Barbie e G.I. Joe fiquem juntos, o que é uma posição nova para mim.

— As mulheres cujos seios não são tão grandes quanto desejavam podem ir ao cirurgião plástico e colocar uns falsos — explico para ele. — Chamamos isso de implante. Eles são seios falsos, mas parecem e atuam mais ou menos como os verdadeiros.

Nossa pizza está pronta, e eu equilibro a caixa numa das mãos e com a outra seguro a mão de Eczema, que adora correr para o meio do trânsito.

Henry está na porta para saudar a nossa volta.
— Papai — grita Eczema. — Inflantes. Eu quero inflantes.
E Henry quer saber:
— Inflante? O que é inflante?
— Implantes. — Coloco a pizza em cima da mesa. — Implante de seios — digo para ele. — Sua filha quer ter tetas grandes.
E Pólipo quer saber:
— Papai, o meu peixe ainda está morto?
— Veja você mesmo — diz Henry para ele. — Olhe na cozinha. Em cima do balcão. — Henry já instalou o novo peixe na vasilha de salada. As crianças voam para verificar a segunda remessa, e Henry e eu, aproveitando a vantagem de um momento sozinhos, nos apertamos e gememos um pouco.

Nada semelhante ao tempo quente que Barbie e G.I. Joe tiveram, mas ainda assim é um toque agradável, até que somos interrompidos por Pólipo puxando a manga da camisa de Henry.

— Aquele não é o meu peixe — diz Pólipo. — É o peixe de outra pessoa. Não é o meu peixe. Eu quero o meu peixe.

Henry se ajoelha para dizer a Pólipo:
— Seu peixe está no céu dos peixes.
— Que é — acrescento — um belo lugar para o peixe ficar. É como uma grande piscina azul em Beverly Hills.
— Eu quero o meu peixe — Pólipo chora.
— Sinto muito — diz Henry. — O seu peixe tem de ficar no céu dos peixes. Mas agora você tem esse peixe novo, e você pode amar esse peixe novo tanto quanto amou o outro. Talvez até mais.
— Não — diz Pólipo. — Nunca.
— Você pode tentar — Henry sugere, como se o amor fosse apens uma questão de esforço.

— Este peixe tem uma cauda horrível. É todo magrelo. — Pólipo sabe que, por mais que o novo peixe tente ganhar a sua afeição, não há substituto para o seu primeiro amor e não se pode enganar o coração.

29

poeta maldito: Uma frase que reflete a extensão do abismo, na França do século XIX, entre o poeta talentoso e o público de quem sua sobrevivência depende.

— COMO VOCÊ ESTÁ PASSANDO HOJE?
— pergunta Leon, e eu digo:
— Estou bem. Você, ao contrário, está parecendo um pouco desleixado. Você precisa melhorar sua aparência.
Leon puxa a bainha da saia e diz:
— Não sou um artista de cabaré, Lila. Minhas roupas são apropriadas para o trabalho.
Outra coisa que faz Leon não se parecer com um típico psicólogo de Nova York é que estamos quase no fim de agosto e Leon ainda continua a manter o seu esquema de horários. Ele tira férias em fevereiro. E para onde vai, não sei. Leon, em muitos aspectos, não corre com o rebanho.
— Talvez um pouco de sombra nos olhos — digo. — Nada espalhafatoso. Um toque de cinza esfumaçado ou berinjela.
Leon sacode a cabeça. Ele também mantém uma opinião con-

trária à minha quanto às razões do meu desejo de repetir a idade de trinta e dois anos em vez de fazer trinta e cinco. Eu admito que é apenas uma vaidade insignificante.

— Encare assim, Leon. Vivemos numa cultura orientada para a juventude. Quanto mais jovem, melhor, mas se você sondar a profundidade do meu subconsciente, eu talvez tenha medo da morte. — O que é uma coisa fácil de se aceitar, porque quem dentre nós não tem medo da morte?

Leon, no entanto, acha que tem outro significado, mas isto é trabalho para Leon. Encontrar um significado onde talvez não haja nenhum.

— Diga-me — diz ele. — Onde você estava há três anos?

— Onde eu estava? Onde eu estava na tarde do dia vinte e um de agosto ou vinte e dois ou qualquer que seja o dia? Você está perguntando se eu tenho um álibi? Provavelmente exatamente aqui onde estou agora. Sentada no seu sofá — digo, o que é uma mentira deslavada. Nós dois sabemos que estou aqui com Leon faz dois anos, e não três. Depois de uma conversa ao telefone mais ou menos longa, quando contei a Leon um pouco de mim, que eu estava sentindo acessos de raiva incontroláveis, que me tornara rude a ponto de ser grosseira, e que me sentia incapaz de trabalhar no meu livro se não fosse ajudada. Poderia dizer que não fiz muito progresso. Foi durante a mesma conversa que Leon me contou onde tinha estudado, onde fizera seu treinamento, e o seu encontro com a terapia.

— Você deve saber também — disse ele — que sou um homem que usa roupa de mulher.

Agora, Leon me dá uma daquelas olhadas. Uma daquelas olhadas que diz para eu parar de falar besteira. Então eu paro.

— Está certo — digo. — Há três anos eu estava em Washington Hights. Com Max. Há três anos eu estava casada com Max.

— Sim — Leon parece excitado com isso. Como se fosse uma revelação. Como se tivéssemos decodificado uma mensagem criptográfica ou inventado a lâmpada. Como se tivéssemos puxado uma cortina e revelado que o bruxo era um esqueleto dançando no meu armário. — O que mais? — pergunta ele, com entusiasmo.

Eu sei o que Leon está tentando pescar, e — que diabo — se o faz feliz, posso dar isso para ele.

— Há três anos — digo —, minha mãe estava viva e bem de saúde, e há três anos eu estava quase terminando o livro que ainda não terminei.

— Exatamente. — Leon cruza os braços sobre os seios almofadados. — Você está querendo voltar ao tempo em que era casada, e sua mãe ainda estava disponível para você, e você tinha mais controle sobre o trabalho.

— Minha mãe nunca estava disponível para mim. — Lembrei a Leon tudo que tínhamos falado nas sessões anteriores. Os acessos de raiva, as lágrimas inconsoláveis, o ódio que só podia ser caracterizado como infantil, a insaciável necessidade de ser amada, a incapacidade de amar com medo de perder. A culpa de tudo que Leon colocava caprichosamente no colo da minha mãe. O que, por sua vez, reforçava a teoria de Bella de que os psicólogos não prestavam. Ela me prevenira contra eles. "Eles culpam a mãe por tudo. A Segunda Guerra Mundial", disse ela. "A mãe de Hitler. Se você der ouvidos aos psicólogos, tudo aconteceu por causa dela."

Porque sou imatura muito além da idade aceitável para este tipo de comportamento, contei a ela sobre Leon. Sobre como ia ao psicólogo todas as terças-feiras, a opinião dele de que eu nunca tivera amor e atenção suficientes, e nunca tivera laços afetivos e era como se tivesse sido alimentada por uma garrafa.

O que eu não disse para a minha mãe é que Leon usava vestidos.

— Então — me pergunta Leon agora —, o que você faz com esse seu desejo?

Digo para Leon que não faço nada.

— Não é para isso que eu lhe pago? — pergunto. — Para você fazer alguma coisa com isso?

— Acho que você está tentando resolver alguns problemas. Acho que você tem alguns negócios ainda não resolvidos daquela época da sua vida, os quais você está procurando reviver agora para resolvê-los. Querendo chegar a um final.

Leon diz isso, e eu me retraio como um gambá. Levanto minha cauda e exalo um odor fétido.

— Sabe, Leon — comento —, às vezes você parece um desses livros de auto-ajuda.

Leon e eu ficamos sentados no silêncio que se segue a um escapamento radioativo, até que limpo a garganta e digo:

— Escolhi voltar três anos, porque um ou dois anos não são bastante para incomodar e quatro ou cinco anos podem ser de credibilidade duvidosa. É essa a razão. Não tem nada a ver com a minha mãe, com Max ou a procura de um fechamento para tudo isso — digo.

Fechamento. Parece que tudo que tive está fechado. Cada porta de cada fase da minha vida foi fechada na minha cara. Ou eu as fechei atrás de mim. Me trancando dentro ou fora, de um espaço vazio para outro. Tudo já foi decidido. Os ritmos das palavras têm uma ordem predeterminada. As linhas formaram frases e o ponto é final. Minha mãe está morta e não houve a hora final de remorsos confessados, nem desculpas, ela jamais disse "eu te amo" para mim e eu jamais disse para ela, e Max está em algum lugar na Califórnia e eu deixei que se fosse, e não há preces para serem atendidas. Todos nós carregamos nossos erros até o fim. Que tal isto para terminar?

Leon sacode a cabeça e diz:

— Quero que você pare aqui. Sei que a hora ainda não terminou mas preciso falar com você.

Fico imaginando se Leon vai me pedir algum conselho sobre moda. Dicas e indicações, e eu iria pressioná-lo para usar a cor vermelha, mas, em vez disso, ele diz:

— Estou fechando meu consultório, Lila. Não é que eu queira, mas, agora, tenho de tomar conta de mim. Estou com AIDS — diz ele, e tudo o que eu digo é:

— Quando você soube? — Não consigo dizer qualquer outra coisa. Devo, mas não posso.

— Sou HIV positivo há sete anos — ele está me dizendo. Agora ele está me dizendo. — Tive sorte até agora, mas a contagem das minhas células T está dramática. Vai ser uma batalha daqui para a frente.

Agora ele está me dizendo, e tudo que consigo dizer é:

— Por que você não me disse quando vim pela primeira vez? Há dois anos, você sabia. Por que você não me disse então que era positivo? No telefone, você foi logo avisando que usava vestidos. Por que não me disse isso?

Ele tem AIDS e estou furiosa com ele. Por não ter me dito. Por ter me deixado ir ali semana após semana, no escuro, até me amarrar a ele. Estou furiosa com ele porque está tudo acabado. Leon está me deixando e estou zangada com ele por causa disso. Tão zangada que não expresso minha preocupação por ele e pela sua doença, e não consigo dizer que adoro ele, que preciso dele e não posso enxergar direito. Há barulhos na minha cabeça que estão perturbando a minha visão.

— Teria feito alguma diferença — pergunta Leon — se você tivesse sabido desde o princípio?

Digo a ele a verdade:

— Não sei, mas você deveria ter me dito.

— Você está certa, sinto muito. Realmente, Lila. Sinto muito. Acho que não aceitei durante muito tempo. Acho que, quando não fiquei doente logo depois do diagnóstico, comecei a acreditar que nunca ficaria.

Não quero ouvir suas explicações. Não quero ouvir qualquer coisa.

— Não está certo. Sinto afeição por você. Afeição profunda.

— Lila, sinto muito — diz Leon, e sei que sente. Só que eu não me importo que ele esteja sentindo. É horrível, mas só posso pensar em mim, nas minhas carências, na minha perda. Devia estar envergonhada de não poder confortar Leon agora, mas saber tal coisa e agir é muito diferente.

Leon está me dizendo que posso chamá-lo a qualquer hora que eu queira, e que ele tem uma lista de terapeutas para mim, todos muito recomendados, mas não estou prestando atenção. Estou em estado de choque. Parecido com um choque anafilático, quando a minha garganta está se contraindo e isto é tudo em que posso pensar, essa contração na minha garganta.

— Lila — Leon procura pegar na minha mão, mas não posso deixá-lo tocar em mim. Se Leon apertar minha mão na dele, não serei capaz de soltá-la. Para que isso não aconteça, eu me levanto e saio batendo a porta, mais uma porta fechada atrás de mim.

30

flyting: Uma invectiva poética, originária do inglês arcaico, na qual dois poetas investem um contra o outro, alternadamente, com versos injuriosos e grosseiros.

Durante a noite, e sem querer, sangrei nos lençóis de Henry. De manhã, o sangue já tinha secado, e, como o sangue de Duncan, a mancha não sairá. Sim, um dano irreparável foi feito, mas é apenas um lençol e um pouquinho no travesseiro, que mal se vê. Não foi destruído algo que não pudesse ser substituído, mas, ainda assim, Henry faz um estardalhaço:

— São lençóis egípcios — ele reclama. — Você tem idéia de quanto custaram?

— Nada impede que você continue a usá-los — digo. — Está bem, tem uma mancha. É apenas sangue menstrual.

Henry não quer ser consolado. Como se os seus lençóis fossem mais importantes para ele do que eu, e considerasse o sangue menstrual uma coisa nojenta. Como o pus ou o vômito.

Todos os lençóis de Max ficaram manchados. Manchados, assinados e datados. Na primeira vez em que tive ocasião de dizer: "Estou menstruada" —, Max enfiou o dedo em mim. Com o meu sangue, desenhou um coração no lençol. Os perímetros do amor. Arte paleolítica. Como a caverna pintada em Lascaux. Primitiva como a batida de um tambor, e quando dávamos a noite por terminada havia sangue por toda a parte. Como se ele tivesse feito de mim uma refeição e usasse o lençol como guardanapo, Max tinha sangue nas mãos, nos pulsos, na boca, na virilha, nas coxas, no queixo e entre os dedos dos pés.

De manhã, Max tirava o lençol da cama, mas em vez de colocá-lo na máquina para lavar, junto com a roupa suja e as toalhas, ele o estendia em cima da mesa. Como se fosse uma toalha de linho à espera da prataria. Entre o coração e a mancha, que parecia ser uma amostra de um teste Rorschach, Max escrevia, com uma caneta própria para tecido, nossos nomes — Max e Lila — e a data.

Oh, romance! Oh, cavalheirismo! Oh, levantam-me do chão e deixe-me louca. Tome meus pulsos e me algeme. Tome meu coração. Meus pulmões. Meu fígado. Oh, amor. Doce e maravilhoso amor. A matéria-prima dos pastorais, serenatas *canzones*. Beijos como coplas de versos, e prazeres de idílio.

Só mais tarde, depois de estarmos casados, é que tive outros pensamentos sobre isso. Que troquei um gesto de paixão por pensamentos a respeito de um alemão, um descendente direto de Albert Speer, fazendo arte com o sangue de uma judia.

No entanto, Max via beleza ou verdade ou qualquer coisa no meu sangue, enquanto Henry só vê que eu manchei seus lençóis. A comparação é melancólica, e antes que eu pudesse me conter, e tentei me conter — uma voz na minha mente admoestou-me para não dizer, *não diga isso* —, então eu disse:

— Você está ficando igual a sua tia Adele. Você está parecendo uma velha patética que só pensa nos seus bens. Você está começando a parecer com ela, até na careca. Vocês dois vão estar usando peruca muito em breve.

Henry foge à provocação. Em vez disso, ele se desculpa pela sua reação, e arruma a mesa com a louça de café.

O tipo de café que nunca fiz para mim ou para qualquer outra pessoa — ovos, batatas, bolo inglês com geléia de framboesa —, e Henry me pergunta:

— Você já procurou um novo psicólogo?

Engulo um pedaço de bolo e digo para Henry:

— Não vou procurar outro.

Henry abaixa o garfo e diz:

— Não acha que deve? Que talvez fosse bom para você?

— Não se substituem pessoas como se fossem carros e geladeiras, Henry. Quando enguiça, você sai e compra outro novo. O quê? Depois que Max morreu, eu deveria ter imediatamente arranjado um novo marido?

— Não é a mesma coisa — diz Henry, mas ele está errado. Nossas perdas deixam um vazio que não pode ser preenchido, não importa quem seja o próximo.

Terminamos a refeição e, sem mais aquela, Henry fica zangado comigo. Fica mudo, e eu quero saber:

— O que há com você? O que está acontecendo?

— Estou danado com você — diz ele.

E eu pergunto:

— Por quê? Por que razão? Porque eu não quero substituir Leon, como se ele fosse uma torradeira quebrada ou um tapete de banheiro usado?

— Não — Henry é lacônico. — Por outra causa. — Henry está zangado comigo por outra causa. — Estou zangado por causa do que aconteceu antes do café. Você disse coisas muito ofensivas, Lila. Você sabe ser cruel.

Sim, eu sei que sou assim. Que desfiro o primeiro soco, na crença de que isto me salvará do ataque. Só que às vezes não há ataque, e eu fico ali, sozinha, sentindo-me sórdida, só isso. De qualquer maneira, aquilo foi antes do café, e isto é depois do café, e não entendo por que ele está tão zangado comigo, agora.

— Se você estava zangado comigo antes — pergunto —, por que não disse logo?

— Porque — explica Henry — eu estava procurando entender minhas emoções.

— Você estava procurando entender suas emoções? E nessa busca, nessa procura para saber o que estava sentindo você levou uma hora e meia?

— Sim — responde Henry.

E eu insisto:

— Diga-me uma coisa, Henry. Se treparmos agora, isto quer dizer que você não voltará até amanhã? — Como se um orgasmo fosse um sentimento como a tristeza ou a felicidade, em vez de outra espécie de sentimento. Embora talvez eu não distinga a diferença, tenho a impressão de que, na sua viagem para encontrar seus sentimentos, Henry se perde. Ele prefere ficar em casa, onde conhece o terreno. Conseqüentemente, Henry não sabe que perder o controle pode ser uma aventura, e não sabe o que é sucumbir à escuridão. Seus sentimentos são como a vegetação. Coisas que necessitam de água, luz do sol e tempo para florescer. Para Henry, a raiva é algo que ele precisa compreender. Somos o oposto. Para mim, a raiva é algo de que eu preciso me libertar. Nós somos antônimos, Henry e eu, o que pode fazer pensar que isso resultaria numa espécie de compatibilidade, de equilíbrio, mas não é assim.

Henry pede licença para ir tomar banho.

— Vou tomar um banho, agora — e se levanta da mesa. Não é culpa de Henry se ele não pode me amar da única maneira que eu sei ser amada, a maneira que eu preciso ser amada, a espécie de um amor abrangente que se transformava para voltar ainda maior. Não é justo culpar Henry por não ser Max.

Enquanto Henry toma banho, vou trocar os lençóis da cama. É o mínimo que posso fazer. Ele guarda a roupa de cama no armário do meio, no corredor, mas os meus olhos passam por todas as prateleiras. Lá, na prateleira de cima, vejo uma pequena caixa amarrada com uma fita branca. Tiffany's. Como ele é delicado. Foi ao Tiffany's para comprar meu presente de aniversário, e eu amoleço de gratidão.

Sei que é errado fazer isso, mas não me contenho. Tenho de ver. Desato o laço e abro a caixinha. Pisco na esperança que esteja vendo coisas, porque, olhando fixamente para mim, encontra-se um brilhante. Um anel de brilhante. Um anel de casamento. Puxa! Não! Oh, Henry! Seu tolo. Por que não brincos ou um broche? O que está tentando fazer? Arruinar tudo? O que vou fazer? O que vou fazer?

Refaço o laço apressadamente e sem capricho. Coloco a caixa onde a encontrei e fujo do apartamento de Henry.

31
....

descanso: Um termo adaptado da música e geralmente definido como uma pausa que conta no esquema métrico. A maioria dos poetas restringe essa definição a situações em que uma pausa compensa a ausência de uma sílaba átona ou sílabas de um pé de verso. Entretanto, outros têm sugerido que um descanso possa tomar o lugar de todo o pé de verso.

— Oi, pai — digo. — sou eu, lila.
— Dou uma pausa e acrescento: — Sua filha.
— Oh. Lila. Como vai você? — pergunta meu pai.
— Bem — digo. — E você?
— Bem. Lá fora está fazendo trinta e cinco graus, mas aqui está vinte e cinco. Temos o clima controlado. Então — pergunta ele —, alguma novidade?

Meu pai, mesmo pressionado a lembrar, não saberia a data do meu aniversário ou se estava próximo. Ele nunca sabia quando me desejar felicidades ou me enviar um cartão. Isso era função de Bella.

O câncer já havia se instalado no útero de Bella, embora ninguém soubesse que estava lá, quando eu recebi o que seria o último cartão de aniversário de minha mãe. O último cartão. Retratava um desenho infantil de uma menina. Não era uma figura elegante, mas uma menina que poderia ser a ilustração de um livro clássico infantil. Eloise, Madeline ou Harriet. Só que não era nenhuma delas. Era um desenho de uma menina boba, cor-de-rosa, usando um chapéu de palha. Uma margarida apertada na mão. Do lado de dentro do cartão, em letras pretas, estava a mensagem *Fique boa logo* que minha mãe tinha coberto com uma caneta azul. Abaixo disso, ela escreveu: "Eu não estava de óculos quando comprei este cartão. Pensei que fosse um cartão de aniversário. Divirta-se! Luv, Mamãe e Papai."

Minha mãe tinha a vista de um falcão. Ela não usava óculos. Nem naquela época, nem nunca. Mesmo quando estava perto de morrer, e tudo mais estava deficiente nela, sua vista permaneceu tão aguçada que ela me fez um gesto para me inclinar, de modo a poder murmurar no meu ouvido: "Lila. Sua blusa. Tem uma mancha." Com esforço, apontou onde havia um respingo de café que escapara da minha boca e manchara minha gola.

Luv, Mamãe e Papai. Luv. Outra afetação anglicana ou a incapacidade de pronunciar corretamente aquela palavra. Bella escreveu *Luv, Mamãe e Papai.* Ela assinou o cartão pelos dois, como se ele tivesse tomado parte, mas não tomou. Se eu tivesse dito para meu pai: "Obrigada pelo cartão", ele teria dito: "Que cartão?"

Dentro do envelope com o cartão com o *Fique boa logo* tinha um cheque de trezentos e cinqüenta e sete dólares. Uma quantia que desafiava o pensamento racional. Uma quantia sem rima nem razão, mas o gesto significava muito. Muito, como uma onda de gafanhotos e doença contagiosa na minha casa. Junto com a máxima sobre a atrocidade de usar branco no Dia do Trabalho, a obrigação da bolsa combinando com os sapatos e a de nunca ir a um jantar com as mãos vazias, havia a única sobre presente em dinheiro. "Com exceção de casamentos, *bar mitzvahs*, crismas, graduações e grandes eventos, você nunca, nunca presenteie com dinheiro", minha mãe me instruía, baseada no livro de etiqueta de Bella Morse. "Dinheiro", disse ela, "é o presente mais grosseiro. Um insulto, realmente."

Sim, eu poderia ter rasgado o cheque em pedacinhos e mantido o ar de dignidade, mas só o cartão foi para o lixo, o cheque depositei no banco.

No meu aniversário no ano seguinte, minha mãe estava no hospital à deriva como resultado da morfina que estava tomando, e eu, realmente, não poderia esperar que meu pai se lembrasse do dia do aniversário da sua filha, se ele mal se lembrava que tinha uma filha. Não direi, porém, que não machuca um pouco, que uma bolha de sangue não surge na superfície onde estou ferida, quando, antes de desligar, ele diz:

— Ok, então. Obrigado por chamar — e nada mais.

32

....

pastoral: Um elaborado poema convencional expressando uma imagem nostálgica de um poeta urbano, sobre a paz venturosa e a simplicidade de uma existência pastoral.

Eu tinha lhe avisado e fiz de tudo para dissuadi-lo daquele fim de semana nas montanhas.
— Não — disse para Henry. — Não é um bom programa. Esqueça isso. Os judeus não passam bem no campo. Não é para nós. Somos um povo de gueto.
— Deixe disso, Lila. Você não vai ao templo nem segue nenhum rito judaico. Além disso, os judeus passam férias no campo, sim. As Catskill estão cheias deles.
— Que seja. *Eu* não combino com o campo. Não gosto de paisagens rurais. Se tiver uma vista dando para uma extensão de água, quero ver o lixo boiando nela.
Era fruto do cérebro infantil de Henry pensar em fugir comigo para um fim de semana pré-aniversário, o que seria ótimo se fosse para Filadélfia, Boston ou Baltimore. Como se os pássaros e abelhas carregassem mais doenças do que pólen pelo ar, eu evita-

va o campo. Confrontada com a beleza da natureza, eu me tornava positivamente mal-humorada. Quando o céu está escuro como um abismo e suave como a mão de um amante acariciando a curva da espinha e a Via Láctea chora estrelas, eu também choro. A alvorada descasca a noite junto com a minha carne. O canto dos pássaros são melodias melancólicas e o grilo cricrila sozinho. A beleza me assombra. A serenidade entra e aperta minha alma de tal forma que me aflige. Um inverno deparei-me com uma catarata congelada. Aquela paisagem me fez sentir como se eu tivesse sido apanhada numa armadilha de gelo branco do nono círculo. Eu trocaria a obra de Deus em favor da confusão que o homem tem feito.

Para não falar que tenho medo de que Henry tenha escolhido deliberadamente um local idílico para propor casamento. Ele faria isso, escolher algum local romântico. Com toda a certeza não quero que Henry me peça para casar com ele. Não estou pronta para isso. Qualquer que seja a minha resposta, estou certa de que será a resposta errada.

— Oh, Lila. Vamos, por favor — disse Henry. — Já é outono lá em cima. Eu não vou ficar com as crianças neste fim de semana. Podemos partir na quinta-feira, depois da sua aula. Só você, eu, as montanhas e as folhas sendo esmigalhadas sob nossos pés. Por favor. — Dependendo das circunstâncias, posso ser dócil para um homem que implora, e quando Henry disse outra vez: — Por favor. Vamos nos divertir muito. Eu prometo — eu disse:

— Ok. Eu vou, mas considere-se avisado.

Agora Henry quer dar outro passeio na mata, mas me recuso a acompanhá-lo. Um passeio na mata já chega para mim. As cores outonais são cores mortas, mas Henry acha que isso tem a ver com os meus sapatos.

— Você não apreciou o passeio porque estava de salto alto, Lila. Ninguém passeia na mata usando salto alto. Troque os sapatos, e você vai ver.

Não vou trocar de sapato para dar um passeio, nem concordo em passear de bicicleta numa estrada rural abandonada que leva a lugar nenhum. Olhar para uma vaca é razão suficiente para soluçar, e Henry, desesperado, levantando as mãos para cima:

— Então me diga. O que gostaria de fazer?

— Nada. Ir embora. — Eu digo ir embora quando o que eu quero é que Henry se chegue a mim, me abrace, acaricie minhas costas e beije meu rosto e o meu pescoço. Quero que ele me ame e se preocupe comigo e fique comigo, mas eu digo: — Saia daqui. Deixe-me sozinha. — Viro-me e afundo o rosto no travesseiro, e Henry faz o que peço. Sai e fecha a porta, mas não demora a voltar. Ele está de volta com folhetos que pegou no balcão da recepção.

— Podemos ir a Cooperstown. — Ele senta ao meu lado. — Não é longe daqui. Não é uma cidade, mas as calçadas são pavimentadas — ele jura que sim.

Berço do Baseball Hall of Fame, Cooperstown foi construída e projetada para o comércio turístico, a idéia é concretizada pelos ônibus pesados. Uma área de quatro quarteirões de tráfego intenso e de ruas cercadas por sorveterias antigas, lojinhas vendendo recordações de beisebol a preços altos, e lojas de presentes tresandando incenso e velas aromatizadas.

— Você está com fome? — Henry me pergunta e eu estou:

— Com muita fome — respondo.

No Long John Silver's, os garçons vestidos como piratas servem peixe frito. Não posso jantar confortavelmente num restaurante com tal tema familiar, mas o vizinho, o Doc Holliday's Wild West Burger Saloon, oferece aos seus fregueses uma imitação de um tiroteio a cada hora. Um conjunto de música mexicana perambula por entre as mesas enquanto você tenta comer um *taco* na Cantina Pancho Villa's e eu digo para Henry:

— Prefiro morrer de fome.

Nós não pertencemos a este lugar. Henry e eu não combinamos com isso. Não fazemos parte da multidão. Com Henry como a única exceção, todos os homens e meninos usam boné de beisebol. As mulheres usam uniformes esportivos em cores pastel Rosa, azul-bebê, amarelo-claro, e porque são gordas, parecem fardos de algodão-doce. Fardos de algodão-doce me lançando olhares perigosos. Como se nunca tivessem visto antes uma mulher vestida de preto dando chutes na base da estátua de Babe Ruth. Eu chuto a estátua e xingo Henry por ter me trazido aqui, a este lugar onde todo mundo é feliz, onde ninguém está sozinho, onde todos são fãs de beisebol. Os fardos de algodão-doce não estão certos se estou fazendo um escândalo, se faço parte de uma exibição de Cooperstown, um teatro de rua ou porque se sabia que Babe Ruth era um marido malandro. Quando Henry me afasta da estátua, somos aplaudidos timidamente.

A viagem de volta para casa leva quase quatro horas e isso porque Henry pisa fundo. Não damos uma palavra até que chegamos ao Palisades Parkay e, então, eu disse:

— Eu avisei. Desde o momento em que você planejou esse esquema, eu disse que isso iria acontecer. Disse que não me dou bem no campo. Você deveria ter acreditado em mim.

— Você realmente precisa arranjar outro terapeuta — diz Henry. — Você tem muito amor dentro de você, Lila. — A voz de Henry é suave mas neutra. Como se ele fosse um profissional oferecendo sua tão profissional opinião. Diferente do cara cujo pinto eu chupei cinco vezes nos últimos três dias, apesar do meu mau humor. — Você não sabe o que fazer com a espécie de amor que você tem — diz ele. — Precisa de uma válvula de escape para isso, e não quero dizer sexo. Já pensou em fazer um trabalho voluntário? — pergunta ele. — Você sabe, com pessoas idosas ou talvez com bebês aidéticos. Alguém que precise da espécie de amor que você tem para dar.

Depois de pensar um minuto, eu digo:

— Henry, vá se foder. — E essa foi toda a nossa conversa até que tivemos a sorte de encontrar um lugar para Henry estacionar na Washington Street. No meio do caminho entre o apartamento de Henry e o meu.

Saio do carro, Henry também sai. Ele abre a mala do carro e eu tiro a minha maleta com as duas mãos agarrando a alça. Está muito pesada porque levei muita coisa. Como se eu fosse passar o fim de semana num lugar agradável. É melhor sobrar do que faltar, foi a lição que recebi no colo da minha mãe, e Henry diz:

— Deixe-me carregar para você.

— Prefiro eu mesma carregar — respondo, o que é uma mentira, mas uma mentira que tem razão de ser.

— Vamos, deixe-me carregar. Vou te levar em casa. — Como se ele pudesse aliviar o meu fardo, Henry procura segurar a maleta, mas balançando-a para a esquerda, fora do seu alcance, como um toureiro dribla o touro com a sua capa, eu digo a Henry:

— Não vou para casa.

O peso da própria maleta e das minhas coisas — incluindo quatro pares de sapatos, roupa de passeio, um secador e um ferro de viagem de passar roupa — estica os músculos dos meus braços e ombros. Um fogo lento, mas não me atrevo a descansá-la no chão, com medo de que Henry a roube de mim.

— Você não vai para casa? — pergunta ele. — Já passa das onze da noite de um domingo. Aonde você vai?

— Vou passear — digo só isso a ele.

— Passear onde?
Não respondo, mas olho em direção ao rio.
— Você vai até o rio — conclui Henry. — Por quê? Para quê? Lá é perigoso.
— A idéia é essa — digo.
Esqueça as implicações aqui. Nunca me atiraria no rio Hudson. Não é do meu interesse me afogar entre os dejetos que o mar traz e as manchas de óleo. Para não falar das camisinhas usadas, mas quero que Henry fique na dúvida. Fique preocupado o suficiente para ir me salvar. Para cutucá-lo naquela direção, lembro-lhe que os poetas são famosos por se suicidar.
— Minha família tem tendência ao suicídio — digo. — Isto é, praticamente, esperado de nós.
— Lila — diz Henry —, você não quer morrer.
— Talvez não. — Aumento o volume do melodrama, e acrescento: — Mas também não sinto vontade de viver.
Henry faz nova tentativa para pegar a maleta, mas termina apenas com a mão cheia de ar.
— Pare com isso — insiste ele. — Vamos, agora. Vamos para casa. Vamos dormir um pouco. Você se sentirá melhor amanhã.
Eu digo que não me sentirei melhor amanhã e Henry diz que eu me sentirei melhor amanhã e jogamos isso para trás e para a frente como se o amanhã fosse uma bola de pingue-pongue, até que digo:
— Henry, deixe-me sozinha.
Henry volta-se e caminha em direção ao seu apartamento. Eu seguro a maleta e dou três passos em direção ao rio, até que paro. Estou dando tempo a Henry para me alcançar. Para voltar para o meu lado. Como um anjo da guarda ou como uma sanguessuga, o que eu apreciaria porque estou pronta agora para desistir dessa loucura e deixar Henry carregar a minha maleta até em casa. Es-

tou pronta para dormir. Quero dormir na cama de Henry, nós dois aconchegados como um par de colheres.

Olho em todas as direções e não vejo Henry em nenhuma parte, entro em pânico, temendo que ele tenha ido fazer alguma coisa sensata, tal como chamar a polícia ou o Hospital Bellevue para vir me buscar. O tipo da coisa que se deve fazer quando se tem um suicida nas mãos e na consciência.

A maleta bate na minha canela enquanto corro tão depressa quanto posso para alcançar Henry, antes que ele faça uma tempestade disso tudo. Volto para onde o carro está estacionado e, então, corro para o apartamento dele. Vou ficar cheia de equimoses nas pernas e tornozelos, até nas coxas.

Da rua, três lances abaixo, vejo que a luz da cozinha de Henry está acesa. Empurro a pesada porta de vidro da entrada e aperto o botão 3F.

— Sou eu, Henry — falo pelo interfone.

Em vez de esperar o elevador descer do último andar, subo as escadas. Subir com a maleta três andares me deixa sem fôlego. Henry está esperando por mim com a porta aberta, e, entre arfadas de ar, eu digo:

— Pensei que tivesse chamado a polícia ou o Bellevue.

— Não. Não estava chamando ninguém. — Henry bloqueia a porta de entrada do apartamento como se não quisesse me deixar entrar. Como se quisesse me manter fora da sua casa, no *hall*. Está sem camisa. Sem sapatos também, e está comendo *chips* de um saco. A mastigação é ruidosa.

— Estava aflito para urinar — diz ele. — E queria checar minhas mensagens. Eu ia te procurar depois de comer alguma coisa. Estava faminto.

No tempo que ele levou para urinar, checar as mensagens e encher a boca de *chips*, eu poderia ter me suicidado pelo menos umas três vezes. Se eu tivesse feito o que ameacei fazer, ele teria vindo me procurar e me encontraria flutuando de bruços no rio, balançando como uma bóia no cais da Christopher Street. Não há palavras disponíveis para responder a ele. Abro a boca, mas luto contra o impedimento, a minha língua está tão entorpecida quanto o resto de mim. Estou completamente sem fala, e Henry se mexe, sem jeito, como se temesse que eu pudesse fazer alguma coisa imprevista e violenta, tal como matá-lo, e ele diz para mim:

— Não sei o que está acontecendo com você, Lila. Mas seja o que for, você de alguma forma tem de tentar se perdoar.

Estendo o braço e arranco o saco de *chips* da mão dele como se impedi-lo de se alimentar fosse tudo o que me restava fazer.

— E você pode esquecer essa história de se casar comigo. Nunca me casarei com você — digo.

E Henry fecha a porta.

33

. . . .

hísteron-próteron: (do grego, "depois e antes"). Uma figura na qual a ordem natural do tempo em que ocorre o evento é revertida, geralmente porque o último é considerado mais importante do que o primeiro: na frase de Shakespeare, "pois fui alimentado e nasci"; também encontrado em Virgílio: "Vamos morrer e avançar para a batalha."

O VAPOR DO ASFALTO NOVO VAGUEIA com a brisa e tem o cheiro de borracha queimada ou da perdição da vizinhança. O fim do verão, e agora é oficial. Não porque o ano letivo começou ou tem qualquer coisa a ver com o solstício. É a pavimentação na Hudson Street que marca o fim do verão. Como se o inferno estivesse fechando a loja para a estação fria e um aviso "Fui pescar" fosse colocado em cima do forno.

Por cima do barulho do trânsito, conto a Carmen a história de meu fim de semana com Henry, mas Carmen não fica impressionada:

— O que você esperava dele? Paixão? Histeria? Um ataque emocional na rua? Em público? Não, não, jamais, Henry — diz ela —, é de estirpe episcopal inglesa.

Descemos as escadas até a estação do metrô. Nosso trem parte e arranjamos dois lugares. Voltando ao assunto, Carmen continua de onde parou:

— Pode acreditar — diz ela. — Você vai se afogar no rio, e o inglês episcopal vai para casa para mijar e merendar. Da maneira como eles vêem isso, você estava bastante determinada. O que os deixa sem mais nada para fazer a não ser não perder a coragem e continuar levando a vida. Adeus, tchau, e tudo o mais. Então — pergunta ela — o que você vai fazer? Vai perdoá-lo? Ele não vai mudar, você sabe. Nasceu assim.

Carmen fez um estudo descritivo dos estereótipos étnicos, e tem grande confiança nos seus preconceitos. O que a livra de rematado fanatismo é que ela não julga ninguém. Sobre o seu próprio povo, os paraguaios, ela diz: "Somos muito parecidos com os argentinos. Temos uma tradição espanhola, especialmente aquela da Inquisição. Não podemos evitar. Somos loucos por um fascista. Um uniforme faz nosso sangue ferver." Tal era o raciocínio de Carmen ao avaliar Max. "Sim, ele é arrogante" — disse ela — "gostava de ter você trancada no armário, mas é assim que um alemão sabe amar". Então, ela se desculpa comigo: "Eu mesma não posso evitar. Dê um nazista a um paraguaio e ele lhe oferecerá asilo permanente."

Sobre os ingleses, Carmen sustenta que eles são como a chuva, e que, no fundo, Henry faz parte dessa herança.

Não há nada a perdoar em Henry. Eu o tratei mal. Queria que ele me amasse, mas não deixei que ele me amasse.

— Não sei — digo para Carmen. — Não combinávamos, é tudo. Tinha de terminar um dia. Nunca foi como era com Max.

E ela me interrompe:

— Vamos descer aqui.

Carmen e eu saímos do metrô na Times Square, olho em volta, e me revolto.

— Você acredita no que fizeram com esse lugar? Virou um inferno. — O que eles, prefeito, agentes imobiliários e a Disney Corporation fizeram foi sanear Times Square. Limparam essa área das prostitutas, dos gigolôs, dos viciados, dos fanáticos religiosos, esquizofrênicos, dos vagabundos, como se fossem cupim. Os grandes e velhos palácios da pornografia, os cinemas que enchiam a casa com pervertidos para os *shows* matinais de *Teenage Lesbian Pep Squad* e *Bubble But Bonanza: The Sequel* foram purificados das manchas e agora passam filmes para famílias. Times Square, uma vez sinônimo de imoralidade, está a caminho de se tornar a Zurique de Nova York. Limpo como sabonete e o lugar para se ir tomar um chocolate quente.

— É um escândalo — balanço a cabeça em sinal de desgosto — o que eles fizeram com esse bairro.

— Por que você se importa? — Carmen quer saber. — Times Square está longe de ser o seu lar. Quando foi a última vez que esteve aqui?

Antes de Max e eu nos casarmos, antes da época em que restringi minhas andanças, Max e eu fizemos um passeio ao longo da Oitava Avenida e pela Rua 42. Passando por uma loja de vídeo proibido para menores, paramos para ler um anúncio escrito na vitrine: *Temos lésbicas, grupo, homens, amadores, grilhões, bestialidade, disciplina, anal, heterossexual e alemão.*

— O que é isso? — perguntei para Max. — Alemão é uma maneira de fazer sexo? O que significa? Você está escondendo alguma coisa de mim?

— Não tenho idéia do que se trata — disse Max. — Realmente — insistiu ele, quando duvidei da sua ignorância. — Nunca ouvi tal coisa.

Sempre ansiosa para aumentar meus horizontes, puxei Max para dentro da loja para fazer uma compra. O que fez Max ficar nervoso, como se ele fosse ser preso e humilhado em público. Como se o seu rosto fosse ser mostrado no jornal da noite. O que achei adorável nele.

Segurando o nosso vídeo alemão no pacote de papel pardo, voltamos apressados para o apartamento de Max para aprender o que havia na cultura de Max que nós estávamos perdendo.

Max colocou o filme no videocassete, e veio sentar-se perto de mim no sofá para assistir ao que era ou um filme amador ou uma produção de péssima qualidade. Para não falar do desempenho dos artistas. Dois homens pouco atraentes — um magro com pêlos nas costas e o outro com uma barriga de cerveja — e duas mulheres notáveis apenas por terem peitos enormes estavam chupando, trepando, trocando de parceiros, e trepando e chupando mais um pouco. Coisa monótona, e teria sido tedioso também, se não fosse falado em alemão. Era a língua alemã que dava ao filme aquele toque especial. Uma excentricidade. Um contexto que se perdia para Max.

— Não entendo isso — disse ele. — Por que isso estava numa categoria separada?

— Porque — expliquei — eles estão falando alemão. Há associações quanto a isso. E conotações. Como a idéia de que alemãs fazerem sexo já é depravada por si só. Como tem de ser doentio por ser alemão.

Embora muitas pessoas decentes não admitam, nós temos uma grande fascinação, um entusiasmo, a respeito de coisas alemãe. Algo como as crianças, que não podem deixar de examinar o que tiram do nariz ou como o público em geral, que não se satisfaz com os detalhes sangrentos de um crime horripilante. Como devoramos a história do canibalismo de Jeffrey Dahmer com o mesmo apetite de Jeffrey por suas vítimas. Encaremos os fatos. O nazismo é um grande negócio. Biografias e diários forjados vendem como bolos quentes e, nas feiras rurais por toda a América, você encontra famílias na fila, pagando um dólar por cabeça, para tocar no estofado de couro do interior da Mercedes de Hitler.

Assim, Max ficou chocado e não vimos o filme até o fim, porque ele achou chato. Além disso, não precisávamos.

Digo para Carmen que não ser um morador de Times Square não me nega o direito de criticar.

— Eu nunca acampei no Grand Canyon — digo — mas isto não significa que eu concorde em converter aquilo num grande estacionamento de vários andares. Isto é embaraçoso. Estamos caminhando para ser a única cidade internacionalmente importante sem uma zona.

Por razões que me fogem, cocô sintético de cachorro, vômito plástico e camisas anunciando disfunções sexuais não são ofensivos à sensibilidade. As lojas de novidades têm sido poupadas de demolição e estão abertas como sempre. Carmen segura a porta para mim, e me leva até os fundos da loja.

Há uma parafernália e maquinaria necessárias para a produção e venda de documentos falsificados. Diplomas de universidade xerocados, falsos certificados de arquivamento, e duplicatas para carteira de identidade. A fila é longa, com adolescentes procurando entrar em estado de embriaguez. Ah, beber do sagrado Graal ou, melhor ainda, direto da garrafa. Esses adolescentes estão querendo carteira de identidade que prove que têm mais de vinte e um anos, o número mágico que permitirá comprarem bebidas para ficarem bêbados, e eu digo a Carmen:

— Devo ser a única aqui que quer ser jovem.
Numa caixa de vidro, empilhadas corretamente e prontas para serem preenchidas com a data pertinente e fotos próprias para passaporte, estão cópias, indistinguíveis dos originais, de carteiras de estudante da Nova York University, St. John's University e Manhattanville College.
— Diga o quer. — O homem que trabalha no balcão é um coreano com um sotaque do Brooklyn.
— Minha amiga precisa de uma carteira de motorista — diz Carmen, mas ele balança a cabeça enfaticamente:
— De jeito nenhum, boneca. Não fazer. Carteira de motorista. É contra a lei.
Carmen se inclina, os cotovelos descansando em cima da caixa de vidro.
— Deixa ver se entendi direito — diz ela. — Uma carteira de motorista falsa é contra a lei, mas suprir adolescentes com carteiras de identidade falsas, para que possam beber bebidas proibidas para a sua idade, é legal. Entendi certo?
O homem corre os olhos por cima de nossas cabeças e em torno da loja. É como se estivesse pensando que ele era o alvo de uma investigação e que Carmen e eu somos um par de policiais disfarçados ou de jornalistas à procura de negócios ilícitos. Ele está à espreita de câmeras escondidas e gotas de suor aparecem na sua testa e no seu lábio superior.
— Relaxa — digo para ele. — Nós não somos a lei, mas o negócio é o seguinte: estou fazendo trinta e cinco anos e quero um documento de aparência legítima que me ponha com trinta e dois. O que pode fazer por mim?
— Trinta e cinco? — diz ele. — Não pode ser que tenha trinta e cinco. Você deve estar blefando. Você parece uma dessas adolescentes. — Ele aponta o polegar para a fila atrás dele.

Corro os dedos pelos cabelos e dou um sorriso, o que é uma ação involuntária. A resposta a um elogio pelo qual estou sedenta.

— O senhor pode me ajudar? Por favor — peço a ele. Meu lábio inferior está úmido e faço um beicinho, e, aparentemente, ele é uma espécie de chato. Desaparece atrás da cortina e volta com um cartão de identidade do condado de Nova York.

Nunca tendo visto tal coisa antes, pergunto a ele:

— O que é isso? Desde quando o condado de Nova York exige que os cidadãos tenham esse documento? — Imagino se o meu vai trazer estampado *Jüdin*.

— É legal — ele me assegura. — É para as pessoas que não têm documento de identidade. Você sabe, você não dirige, então pra que ter uma carteira de motorista? Você nunca saiu do quarteirão, então pra que ter um passaporte? Mas você tem que ter alguma coisa com o seu retrato, então, você tem esse documento reconhecido no tribunal.

— Que tribunal? Suprema Corte?

— Como vou saber que tribunal? Você acha que sou o quê? Um juiz? — diz ele. — Tudo o que sei é que é bom.

Carmen e eu trocamos um olhar e ela diz:

— Parece legítimo.

Eu soletro meu nome, o número do meu seguro social e a data alterada do meu nascimento para o coreano do Brooklyn, que datilografa a informação nas linhas apropriadas. Depois de colar minha foto, ele plastifica tudo e me entrega o cartão para a minha aprovação.

— Puxa! — Estou impressionada. — Isto pode funcionar. — Como na terapia, que você tem de voltar para depois ir para a frente, ou como se acertam as horas num relógio.

— Para você — diz ele —, são trinta paus. Não tem taxa. — Ele estende a mão, a palma para cima e Carmen dá o dinheiro, três notas de dez. Depois de arrebatar o cartão da minha mão, Carmen pede ao homem uma sacola, na qual embrulha o cartão como um embrulho para presente, antes de dar de volta para mim.

— Sei que um bom conselho é inútil para você — Carmen me diz —, mas tente gastar sua mocidade com sabedoria. E — ela me orienta — você não deve usar isto até o dia do seu aniversário.

Tendo transformado o que é uma pequena vaidade ou alguma manifestação de neurose num enigma digno de um mestre zen, contemplo o quebra-cabeça à minha frente: devo esperar dois dias para ser três anos mais jovem do que sou hoje.

34
. . . .

topos: Um lugar-comum apropriado para tratamento literário, um tema intelectual adequado para desenvolvimento e modificação de acordo com a imaginação do autor.

NO PÓDIO, ARRUMO OS PAPÉIS COMO se estivesse ocupada. O que estou querendo fazer é uma conta de cabeça. Nunca me recuperei totalmente dos meus primeiros dias no círculo de leitura. Como uma tatuagem indelevelmente marcada no meu ego, está a mortificação de não ter ido ninguém — nenhuma pessoa — para me ouvir ler na Great Jones Book House. Como fiquei lá, olhando, fileira após fileira de cadeiras vazias até o infinito. Que pode ou não ter sido pior do que aqueles tempos em que eu tinha duas ou três pessoas, se contar Carmen e um sem-casa que estava presente, não pela poesia, mas pelo aquecimento.

Estar lá em cima olhando para cadeiras vazias faz seu rosto ficar vermelho de vergonha, mas logo posso relaxar. A sala se enche de corpos, e uma turma de estudantes barulhentos senta-se de pernas cruzadas no chão.

Eu começo com um poema chamado "The Seven Steps to Self-Gratification", um septeto siciliano com rimas *ababaa,* e em seguida leio um par de sonetos e uma sextina que foi inspirada na boca e nas feições de Max. Umidade, calor, sal, arrebatar, áspero e língua como as seis palavras finais.

Se se pensa em T. S. Eliot, na maioria das vezes "The Wasteland" vem à mente. Alan Ginsburg nos prende com "Howl" e William Carlos Williams é sempre arrancado do seu carrinho de mão vermelho da chuva, e estava eu ousando me incluir em tal grupo de luminares. Sou mais bem conhecida por *epyllion.* Um pequeno épico, em hexâmetro dactílico, chamado "At the Baby Doll Lounge Salome Dances; The Baptist Tips Her a Ten Spot". É do que o meu público gosta, das coisas que lhe são familiares, como quando se acompanha uma canção quando você sabe a letra, e foi por isso que o deixei para o fim. Assim, eles todos sairão felizes e murmurando a canção.

Com uma modéstia estudada, digo obrigada e absorvo os aplausos, que são seguidos de perguntas e respostas.

Uma das meninas sentadas no chão quer saber se escrevo no computador. Alguém sempre faz esta pergunta, e eu gostaria de perguntar que diabo de diferença faz, mas em vez disso sou delicada, "Escrevo à mão" eu digo, no tempo presente como se fosse algo que eu ainda estivesse fazendo.

— A caneta no papel. Escrevo em blocos de papel amarelo. Escrevo e reescrevo, desenhando setas e parênteses, e grandes X vermelhos em cada página. Só quando fico satisfeita e o poema está terminado é que entro no computador e passo o corretivo antes de imprimi-lo. Não sou muito forte em ortografia. — Uma pequena confissão e tiro risadas da audiência.

É uma suposição errada de que aqueles, como nós, que vivem da palavra escrita, somos bons na ortografia, que a nossa gramática é correta, que a nossa pontuação é precisa, que os nossos particípios nunca flexionam.

— Mas você é uma escritora — diz a menina. Como se houvesse uma conexão entre como as palavras são grafadas e a música que produzem.

— A pobre ortografia — explico — é um ramo da visão criativa. Vejo a multiplicidade de possibilidades no estilo. — Às vezes eu me viro vomitando uma bobagem qualquer.

Uma mulher com tranças e óculos de leitura empoleirados na ponta do nariz levanta a mão:

— Você escreve todos os dias? — pergunta.

— Sim — digo, uma grande mentira. Tão grande que aumenta o meu nariz, e depressa volto-me para o jovem que pergunta:

— Quanto ganha um poeta?

Para ele, digo a verdade.

— Nada — respondo. — Ou, pelo menos, não o bastante para ser mencionado.

— Você realmente fez *topless* no Baby Doll Loungue? — Outra estudante, que deve estar pensando numa carreira, sem dúvida.

Sorrio, como se guardasse um segredo, e digo:

— Me recuso a responder sob o alegação de que isso pode me incriminar.

Que nunca dancei *topless* no Baby Down Loungue ou em outro lugar qualquer, não é o que eles querem ouvir. Embora o poema seja escrito na primeira pessoa, foi uma colega de colégio, Tara, que tirou a roupa para uma fraternidade de rapazes bêbados e convencionais de Columbus, Ohio. Como um acordo a exemplo do negócio de Fausto, apropriei-me de uma fatia da vida de Tara e a fiz minha. Com a barganha, conquistei a infâmia e ela, a respeitabilidade.

Agora, até mesmo Tara acredita que eu é que fiz o *topless*, porque ela está casada com um vendedor de seguros. Eles vivem em

Brooklyn Heights numa casa com fachada de pedra, têm dois filhos e um *schnauzer* gigante chamado Snuffles. As duas crianças são meninos com cabelos cor de cenoura e narizes arrebitados, o que produz uma grande quantidade de meleca. Os bolsos de Tara vivem cheios de lenços de papel. Ela é co-presidente da Associação de Pais e Professores, e não pode nem mais imaginar aquele momento em que, meio despida, dançou na passarela de uma discoteca. No entanto, é fácil para ela imaginar que, meio despida, *eu* dancei na discoteca e fui para casa escrever um poema sobre essa experiência.

Embora tivesse sido muito bom, eu já estava cheia. Aviso que só havia tempo para mais uma pergunta, o que é também um sinal para Carmen de que sairíamos logo em seguida. Ela vai me levar para um jantar de véspera de aniversário. Quatro mãos se levantam, dou a vez para um senhor mais velho, no meio de uma fileira, porque ele está usando roupa cinza e gravata de listras. Eu gosto. Ele pergunta:

— Estava curioso de saber sobre o que a impele a escrever exclusivamente em forma?

Para responder, começo do princípio. Com Aristóteles, e como os iambos são batidas de coração e de pulsos. Ritmos intrínsecos, e tão fundamentais para o nosso ser quanto o ar que respiramos. Escrever em forma é natural. Como conseqüência, há uma seleção natural. Darwiniana, se você considerar as variações sem-fim dos iambos, proporcionando uma plataforma sobre a qual uma seleção natural pode funcionar. Sem falar de como a natureza pode eliminar o fraco. A forma é cruel e não perdoa. A exatidão tem um propósito e assegura a sobrevivência. Então, citei Jean Cocteau: "A liberdade deve ser conquistada dentro dos limites."

Assim está a liberdade dentro dos limites da forma, do mesmo modo que uma barreira nos protege dos elementos destrutivos. De modo que há amor nos laços do casamento.

— Sem os laços, você ficará à deriva — digo. — Perdido. Sem as linhas traçadas no mapa, você não vai a lugar algum. É melhor ser um prisioneiro de guerra do que ser uma pessoa sem nação, sem lugar, sem povo. Se me permite uma analogia — eu disse —, pense num pássaro doméstico. Um canário. Um lindo canário amarelo. Quando se abre a porta da gaiola, alguns canários fogem. Cabeça esticada para o vento e nunca olham para trás. Ah, sim. O canário está livre. Como os pássaros devem ser — você diria. O canário pode voar para onde quiser. Longe, muito longe. O céu é o limite, mas a gente tem de imaginar se eles, mais tarde, não irão se arrepender da escolha que fizeram, porque está frio lá fora. Sem falar nos predadores, e no alpiste não disponível, e onde está aquela bola de plástico com um sininho de que eles gostavam tanto? Estão perdidos, em pânico, se atrapalham e, freqüentemente, dão uma batida numa vidraça. Na gaiola, salvos e aquecidos e bem alimentados, são livres para cantar e gorjear. Para fazer música. Talvez devessem continuar na gaiola e cantar até morrer. Paixão desenfreada. — Bato com o punho na mesa e fico surpresa. — Paixão desenfreada é a conseqüência de ter ficado amarrado no pé da cama. A libertação serve apenas para libertar-nos do amor. Soltos e sozinhos no mundo — então, eu digo — Max — e coloco a mão nos lábios como se tivesse arrotado. — Muito obrigada a todos. Me desculpem, mas tenho de apanhar o avião.

Carmen me segura na saída, agarrando minha manga:
— Tem de apanhar um avião? — pergunta ela.
— Sim. Tenho de apanhar um avião.
Carmen sorri e diz:
— Tenha um feliz aniversário, Lila.
Como eu disse, Carmen e eu nos encorajamos uma à outra. Eu sorrio com gratidão, e, então, vou embora. Fui.

35

epicédio: Canção-lamento em honra a um morto, cantada na presença do corpo e diferente do *threnos,* um canto lúgubre, que não era limitada pelo tempo ou lugar.

PORQUE COISAS MARAVILHOSAS ACONtecem de repente sem aparente planejamento, não vou considerar o que estou fazendo ou qualquer possibilidade do que possa vir a acontecer. Tudo que digo é que, com o meu cartão American Express, minha carteira de identidade falsa e na poltrona 27A do vôo de 11:53 para Los Angeles, estou voltando anos para trás. É sempre simétrico, a equação matemática para o movimento do tempo. Vai para a frente, e agora está indo para trás, também. Estou voltando para Max. Vou cair nos braços dele e vou dizer que o amo, que jamais deixei de amá-lo e que estaremos juntos para sempre. Então, eu espero, talvez possa persuadi-lo a sair de Los Angeles. Nós pertencemos a Nova York.

Olho pela janela, para o céu negro. Não há nada a se ver ali a não ser a vastidão da noite e o brilho do meu reflexo, no vidro, voltando para mim, como um refrão. Eu me afasto do que a minha sósia pode ter para me dizer e meu estômago se contrai e cai no vazio. Antecipação, ou talvez seja só porque o avião está começando a descer.

No Aeroporto Internacional de Los Angeles, não tenho bagagem para apanhar. Em vez disso, vou ao banheiro feminino e tento me recompor. Na pia, jogo água fria no rosto e tiro os restos da maquiagem. Uma nova camada de batom não ajuda muito a amenizar o acabamento. Em conseqüência do ar reciclado do avião, minha pele está seca e sem brilho, e embaixo dos olhos, como um par de *breves*, duas sílabas átonas, luas crescentes escuras denotam a fadiga. Sou uma viajante pálida e cansada, mas não tem importância. Max está acostumado comigo assim. Como a morte passando.

Atravessando o terminal até uma fileira de cabines de telefones de aço inoxidável, abro o catálogo na letra S. Como se aquilo estivesse escrito em chinês, corro o dedo de alto a baixo, procurando nas colunas S-a, S-c, S-c-h, e acho Max Schirmer no Sunview Terrace nº 407. O que é um pouco engraçado, visto que o temperamento de Max é, ao contrário, muito sombrio. Copio o endereço nas costas de um envelope.

Passo pela Hertz Rent a Car e também pela Avis, saio pela porta de vidro e paro num ponto de táxi. Não conheço Los Angeles, e agora não é hora de eu me perder. Sem falar que não é hora de ser morta, o que poderia acontecer se eu dirigisse nas autopistas daqui.

— Bagagem? — O motorista está parado perto da mala do carro, e respondo que não tenho bagagem. Digo a ele aonde quero ir. Recosto-me no banco de trás e partimos. Como um purosangue aproximando-se da linha de chegada, meu pulso está acelerado e eu poderia arfar de desejo. O fim, o final feliz está perto. Tão perto.

O táxi encosta no meio-fio, e confiro o endereço n° 407, iluminado pela lâmpada da entrada, com o que tenho anotado no envelope, porque deve ter havido algum engano. Será que haveria dois Max Schirmers em Los Angeles. Uma casa elegante de dois níveis pintada de branco não é um lugar para o meu Max morar. Uma cerca viva bem aparada contorna o jardim, e há canteiros floridos sem ervas daninhas. Uma palmeira marca a entrada da garagem como um ponto de exclamação no fim errado de uma sentença. Ando até a porta, e imagino Max e eu rindo da casa que ele tinha morado.

A campainha da porta toca uma melodia, e os primeiros sinais da manhã aparecem no horizonte. Como se o horizonte fosse uma parede para se subir e o *smog* pelo qual Los Angeles é famoso dessem ao evento uma faixa rosa e roxa. Cores requintadas formadas pelo declínio e da ruína.

Parece que tirei Max da cama. Meu Max. Não é nenhum outro Max. Usando *short* de ginástica e as pálpebras pesadas de sono.

— Oi — digo. — Lembra-se de mim?

Talvez esteja com falta de gás. Talvez sejam aquelas lentilhas, que finalmente estão fazendo mal, porque ele não parece estar muito satisfeito.

— Sou eu, Lila — digo —, sua esposa. — Ao que ele responde:

— Ex-esposa.

Não foi assim, exatamente, que eu havia imaginado o nosso encontro. À maneira que eu havia imaginado, neste ponto nós estaríamos nos amassando e beijando e os pássaros estariam cantando e nós já estaríamos abrindo caminho para ir trepar embaixo das moitas.

— Max — respiro fundo —, me desculpe.

De dentro da casa uma voz chama:

— Max? Max? O que está acontecendo? Você está bem? Max?

É a voz de uma mulher e ela vem até a porta. Fica perto de Max, ela é alta. Quase da altura dele. Seu cabelo louro está embaraçado, mas posso dizer que é um cabelo sedoso quando penteado. Procuro ver a raiz escura, mas não há. Ela deve ter feito um retoque na véspera. Está usando um roupão, mas em vez de preso na cintura a faixa é presa embaixo do busto, mostrando a forma volumosa da barriga, tipo melancia.

Ela está grávida. Muito grávida. Eu não estava preparada para isso. Para ela. Para eles. Eu não sabia, e jamais poderia adivinhar.

— Esta é Lila Moscowitz — Max diz para ela, e para mim ele diz: — Lila. Esta é Dawn. — Por um instante, fico confusa. Como se a confundisse com a ex-mulher de Henry. Só que a Dawn de Max tem queixo e é muito atraente, se você gosta do tipo. — Dawn é minha esposa — Max acrescenta, como se eu ainda não tivesse entendido.

Estou muito confusa para me explicar. Desvio o olhar do par, fixando os olhos numa rachadura no degrau e digo:

— Bem, eu estava perto e pensei em passar por aqui para dar alô. Isto é tudo. Então, alô. — Sem falar que eu estava arrasada.

— Onde está seu carro? — Max me aperta. — Ou você veio a pé?

— Peguei um táxi — digo, e Max percebe a inconsistência.

— Então, você não estava exatamente na vizinhança, estava?

Dawn descansa a mão no braço de Max, e explica:

— Max é muito preciso sobre limites geográficos. Para ele, a vizinhança tem parâmetros definidos. É resultado da profissão dele. Ele é cartógrafo.

— Sim — digo. — Eu sei disso — e devo estar atirando olhares como se fossem dardos envenenados no meio dos olhos dela, porque ela se afasta. Meio escondida atrás de Max, ela diz:

— Você vai me desculpar, mas tenho de me aprontar para o

trabalho. Sou professora. Segunda série. — Como se eu tivesse perguntado. Como se eu me importasse. — Foi muito bom conhecê-la, Lila. Muito bom dia para você!

Antes que Dawn ficasse inteiramente fora do alcance da minha voz, perguntei para Max:

— Então? Quando isso aconteceu? Quando você se casou outra vez?

— Fará dez meses na próxima semana — ele me diz, e eu digo:

— Que bom para você.

— Sim — Max concorda. — É muito bom.

— Então não adianta *varrer* sobre o leite derramado. Não é mesmo?

— Não adianta *chorar* sobre o leite derramado — Max diz. — É assim que é o ditado — Max cruza os braços sobre o peito. Seu peito nu, e eu engulo em seco. Desde quando Max, o meu Max, aprendeu os ditados?

Seu peito nu onde eu recostei a cabeça por tantas noites, e depois de um segundo eterno, eu digo:

— Isto é meio ridículo, não é? Eu parada aqui na sua porta. Como se fôssemos duas pessoas que mal nos conhecêssemos em vez de...

— É — Max não me deixa terminar o pensamento. — É muito ridículo.

Sinto um lampejo de raiva, e dou graças pelo alívio que isso me traz:

— Você não pode fingir que não fui ninguém para você. Como se eu fosse uma estranha que aparecesse na sua porta uma manhã. Passamos por muita coisa juntos, e tenho cicatrizes para provar isso. — Começo a enrolar a manga, como se houvesse marcas de agulha para mostrar a ele. — Você não pode esquecer,

Max. Só porque você se mudou para essa casa com canteiros e uma amável esposa, isso não quer dizer que possa passar uma esponja no passado. Você não pode esquecer sobre nós, Max. Não pode negar isso. Não pode ir em frente como se nada houvesse acontecido.

— Oh, mas eu posso. — Max diz, e eu digo:

— Tá bem. Está certo. Eu esqueci. Vocês são bons nisso — o que não era o que eu queria dizer, e tentei voltar atrás. — Não queria dizer isso. Esqueça o que disse, tá bem?

Max parece que vai falar, mas ele não precisa. Como se estivesse usando óculos de raio X, vejo a pequena pedra alojada no músculo do coração dele. Uma pequena pedra com o meu nome. Ele olha para o pulso, mas não está usando relógio.

Pelo menos, queria pedir o perdão dele. Perdão por tê-lo abandonado e ao nosso amor, mas tenho medo de dizer isso. Medo do que virá a seguir. Em vez disso, eu sorrio e digo:

— Acho que você não vai me convidar para entrar e tomar uma xícara de café ou qualquer coisa, vai? — E Max responde:

— Aqui não é a mesma coisa que em Nova York.

Presumo que ele está se referindo ao fato de que ele não me ama mais de modo algum, mas ele diz:

— Você não quer que eu chame um táxi? Em Los Angeles, não se faz sinal para um táxi no meio da rua.

— Quero sim — digo. — Obrigada. — E Max fecha a porta, e eu digo: — Não vai me desejar feliz aniversário?

Pecorro a entrada de carros até a calçada e sento no meio-fio, ao lado da palmeira, que parece falsa pela maneira como se apruma ridiculamente, num lugar onde deveria haver um elmo ou um bordo. Ali fico sentada esperando o táxi que vem me apanhar, me levar para longe. Sento com os joelhos encostados no peito, afundo ali o meu rosto e choro. Eu me balanço no meio-fio para a frente e para trás como se isso fosse me consolar, e digo: "Shhh. Shhh." Meu rosto está molhado de lágrimas, quando uma perua verde-claro pára e toca uma buzina que parece de brinquedo. Como um gigantesco M&M projetado para levar passageiros em volta da Candyland ou de um minicampo de golfe ou de nuvem para nuvem. Como não estou certa de que este carro é real, confiro no pára-brisa a licença, que está colada no vidro.

Dou uma assoada, limpo o nariz e os olhos e entro no carro ridículo. O banco de trás não tem muito espaço para as pernas. Eu mudo de posição para me sentar mais confortavelmente. O motorista volta-se para mim. Ele é jovem e o cabelo está puxado para trás num rabo-de-cavalo preso com um pedaço de couro cru. Está usando uma camisa havaiana estampada com abacaxis, e ele quer saber:

— Para onde?

— Boa pergunta — digo, e pergunto: — Diga-me, se fosse o dia do seu aniversário, para onde você iria?

— Disneylândia — ele não hesita.

36
. . . .

remate: Uma estrofe curta conclusiva repetindo a meia-estrofe métrica que precede, assim como o esquema das rimas dessa meia-estrofe. Também repete o refrão que percorre o poema.

PRIMEIRO, A IRONIA: PERCO TRÊS HORAS na viagem de volta para o leste. Para não falar do trânsito na Long Island Expressway, e já se passou metade do meu aniversário antes que eu coloque a minha chave na porta.

No entanto, ainda tem um pouco do dia, e eu prossigo com os preparativos. Do freezer, tiro um bolo de café Sarah Lee, que já está ali faz muito, muito tempo. Está tão congelado quanto a era glacial, e as nozes estão firmes como rochas. Pego uma garrafa de vinho, e, depois, os pratos. Meus lindos pratos. Descasados, não é um aparelho, mas são todos azul-cobalto. Arrumo nove pratos de sobremesa azul-cobalto em volta da mesa, e penso na Páscoa dos judeus. Era um feriado que a minha família não celebrava, mas de certa forma ao longo dos anos fiquei sabendo alguns detalhes do que deve ser feito. Como uma taça de vinho que é colocada na mesa para o profeta Elias. E a porta é deixada bem aberta para ele, embora se pense que um profeta deva saber como se bate na porta. Seja lá como for. Elias ainda tem de fazer uma aparição no jantar cerimonial judaico de alguém. Entra ano e sai ano, ele é esperado e nunca aparece, no entanto, eles não desistem.

Nunca senti este tipo de fé, quando você se mantém firme de qualquer maneira. Jamais acreditei, mas pode acontecer que a fé venha organicamente, como um ritual. Se um ateu ora diariamente, eventualmente Deus ouvirá suas preces.

Tirando Meryl do armário, seguro a macaca de brinquedo no meu peito. Como se nossos corações batessem juntos, levo Meryl até a mesa. Meryl parece pequena na cadeira, mas Meryl vai parecer pequena em qualquer lugar. Os outros lugares são para Dora, Estella, Henry, Leon, Max, meu pai, eu e Bella, que virá ou não. Minha mãe era engraçada a respeito de convites de última hora. Como se a espontaneidade fosse um insulto.

Risco um fósforo para acender as velas, que não são velas de aniversário para se fazer pedido, nem velas *Yahrzeit* para enterros, mas dois círios brancos. Que acontece que são as duas únicas velas que eu tenho, e assim servem para a ocasião, que é uma mistura de nascimento, enterro ou para arrumar o morto, os quase-mortos, os já mortos e os que estão morrendo para descansar. Preciso dizer a eles, a todos eles, que, a cada um da minha maneira, eu os amei muito, mas eles têm de ir agora. Eles, e eu, devemos descansar. Para não falar em como movimentos para a frente são perturbados quando o passado permanece importunando.

Também tenho de admitir aqui que a história de Dora e Estella cuspindo sangue nos lenços que Dora tinha bordado com linhas de seda pura foi inventada por mim. E tudo que sei é que elas cuspiram sangue em velhos trapos. E também sei que elas não viveram no meu apartamento, mas num prédio do outro lado da rua mais abaixo ou no outro quarteirão. Eu inventei a parte de morar no apartamento que no passado foi delas. Elas realmente moraram em Morton Street, mas ninguém se lembrava em que prédio, quanto mais ser no 5C deste prédio. Apenas é verdade que tenho vivido com fantasmas por tempo demasiado, e, ao contrário da opinião pública, fantasmas, como pensamentos e sonhos e palavras, realmente têm forma.

Este livro foi composto na tipologia Minion
em corpo 11/15 e impresso em papel
Chamois Bulk 90g/m² no Sistema Cameron
da Divisão Gráfica da Distribuidora Record.

Seja um Leitor Preferencial Record
e receba informações sobre nossos lançamentos.
Escreva para
RP Record
Caixa Postal 23.052
Rio de Janeiro, RJ – CEP 20922-970
dando seu nome e endereço
e tenha acesso a nossas ofertas especiais.

Válido somente no Brasil.

Ou visite a nossa *home page*:
http://www.record.com.br